大活字本シリーズ

岩井三四二

あるじは信長《上》

埼玉福祉会

あるじは信長

上

装幀　関根利雄

目次

あるじは信長

頼うだるお方

——近習 佐々内蔵助

一

「あなたへ進まれい！」

佐々内蔵助（さっさくらのすけ）は熱田神宮（あつたじんぐう）へ向かう道の辻に立って、街道を走ってくる兵たちに道を示していた。

「神社の森を深く入って、拝殿の前まで行くがよろしかろう。殿がお待ちじゃ」

承知つかまつった、と手槍をもった馬上の武者が一礼し、気合いを入れて馬腹を蹴った。馬がひと声いななき、だく足を踏んで進む。長槍と弓をもった足軽五名が土埃（つちぼこり）を蹴たててあとにつづく。

その後も二騎、三騎と郎党を従えた兵が駆けつけてきた。みな村の中に館を構え、陣触れがあれば甲冑（かっちゅう）を着て馬に乗り、家人（けにん）どもを従えて出陣してくる者たちである。早く拝殿の前まで進めと急（せ）かしておいて、内蔵助は辻に立ちつづけた。

すでに早朝の清々しさはどこかへ消えて、強い陽射（ひざ）しが照りつけていた。兜（かぶと）はつけていないが、具足（ぐそく）は重く、暑苦しい。

「兄者は遅いな」

間があいたので、街道のほうを見晴らしてから、馬の口取りの吉次郎（きちじろう）にもらした。

「はあ、心配でござりまするな」

事情を知る老僕は、眉根を寄せて街道を見晴らす。
丸根、鷲津の砦へ今川勢が取りかけたとの一報が清洲城へ飛び込んできたのは、夜明け前のことだった。ただちに出陣の下知が出たから、兄のいる比良城へも早馬を出した。もう来なければおかしい。

——孫助兄のことをまだ腹に据えかねて、城に居座りを決め込んでおるのかな。

孫助は内蔵助の次兄である。少し前の稲生の合戦で信長方に加担して出陣し、討死していた。それなのに佐々家に恩賞がないと、兄はつねにこぼしていた。信長に不満があるとすれば、それが大きな理由だろう。

——信長さまは、佐々家を気にかけておられるのに。

信長はときどき内蔵助に比良の城の法事や親類衆のことをたずね、人を遣(つか)わして届け物などしている。長兄、隼人正(はやとのしょう)の暮らしぶりを、それとなく聞かれたこともある。決して信長は佐々家を軽んじているわけではないのだ。

それでも隼人正は妙にかたくなで、近ごろは清洲城へも滅多に顔を出さない。本家がそんなことでは、内蔵助は近習(きんじゅう)として顔が立たず、困っていた。

だが孫助兄の件だけでなく、兄が信長に不信を抱く気持ちも、わからないでもない。

父信秀(のぶひで)の葬儀のときに、信長は袴(はかま)もつけずにあらわれ、抹香(まっこう)をわしづかみにして位牌(いはい)に投げつけた。そんな極端なことばかりではなく、日常でも老臣（おとな）たちの言葉を容（い）れようとせず、陣立ても古くからのしきたりを無視する。鉄砲などという新しい武器に大金を費やし、足軽の槍も三間（けん）半（約六メートル）とおそろしく長いものを使うようになった。

合戦でも子飼いの近習たちを馬廻（うままわ）りとし、その戦力を重視して、老臣や在地領主たちの兵力は後詰めにまわすことが多い。

そういった新しい物好きで型破りな面が、年配の者たちの不安を呼ぶらしい。しかも信長は今年で二十七歳。兄から見れば十歳も年下で、どうにも思慮が浅く見えるようだ。

しかし内蔵助には逆に、それこそ信長の力だと見える。身体（からだ）の内にあふれていて、本人でさえ御（ぎょ）せないその力が、傍目（はため）には奇矯（ききょう）とも見える行動をとらせているのではないかと思うのだ。

「旦那、あれなるは本家の旗ではござりますまいか」

吉次郎が目を細めて街道の先の方を見ている。

五騎と数十名の足軽を従えた集団が、こちらに向かってくるところだった。

「おお、やっと来たか」

近づいてくる集団の旗印を見て、内蔵助は手をふった。

考えてみれば、兄が信長の出陣催促を無視するはずはなかった。

佐々家のような土豪は、国内の有力者を「頼うだるお方」と仰がなければ生きてゆけない。そしてひとたび「頼うだるお方」と仰げば、その指図は絶対なのである。

「内蔵助、使い番か」

近づいてきた兄、佐々隼人正が馬上から声をかけてきた。

「はっ。拝殿の前まで進まれませ」

兄といっても異母兄で、十歳以上も年上である。いつも内蔵助には主人のように振る舞ってきた。内蔵助が家を出て信長の近習になった今でも、それは変わらない。

「老臣(おとな)どもは何をしておった」

「は？」

「信長めは、軍議もなしに城を飛び出したというではないか」

「……………」

「まったくかなわんぞ。わけもわからず呼び出される身にもなってみよ」

　兄は文句を言いつつ、熱田神宮のほうへ馬を進めた。

　——老臣どもに口を開かせたら、籠城と言い出すに決まっているではないか。

　兄の後ろ姿を見ながら、内蔵助は思う。

　今回、今川義元（よしもと）は、尾張（おわり）に設（もう）けた拠点である大高（おおだか）城と鳴海（なるみ）城の救援のために兵を出してきた。信長がその二城の周囲に付（つ）け城（じろ）を築き、兵糧攻めにしたため、出てこざるを得なかったのである。

　今川義元が引きつれてきた駿遠参（すんえんさん）三カ国の軍勢は、二万とも四万とも言われる。こちらは手一杯に兵をあつめても三千に満たない。

　正面からぶつかることはできない。といってだまって見ているだけでは、敵城を囲んで付け城を築いた意味がなくなってしまう。

この状況で軍議を開けば、果てしない水掛け論となるだけだろう。いつまでも方針が決まらないどころか、家中が分裂する恐れもある。

そうした混乱を避けるため、信長は老臣たちを無視し、ただ内蔵助たち近習だけに戦い方を打ち明け、協力をもとめた。

近習たちは奮(ふる)い立ったが、無視された老臣やほかの家来たちは不満だっただろう。しかしこうした火急の際に若い者たちが中心になるのは、仕方がないことだと思う。

佐々家の郎党たちが、内蔵助の目の前を通りすぎてゆく。

——おや、なんだ、これは。

内蔵助は不思議に思った。

「どうしたのかな。ずいぶん多いな」

佐々本家が兵を出す場合、いつも二、三十人なのに、前を通る人数は五、六十人もいそうだ。

「ああ、安食（あじき）村や大野木（おおのぎ）の者どももおりますな」

と吉次郎は言う。本拠の比良の郷だけでなく、その周辺からも兵をあつめたらしい。

「人数をあつめていて遅れたのか」

「さようでしょうな」

内蔵助はうなずいた。どうやら兄は、積極的に信長を支える気になったようだ。

やはり尾張中を見渡しても、信長ほどの器量人はいないと悟ったのだろう。

結構なことだと気分を直して隊列を眺めていたが、

――ん？

おかしなことに気づいた。

中に何人か、内蔵助に助けをもとめるように視線を送ってくる者がいた。もちろん、みな知っている者たちだ。

なんだろうか。

胸騒ぎを覚えたが、引き留めるわけにもいかない。

郎党たちはそのまま行きすぎていった。

二

しばらく待つあいだに参陣する武将たちがあいつぎ、総勢は千を超えるようになった。

「ここにおられたか」

辻の道案内からもどり、拝殿前で仲間の近習たちと打ち合わせをしていた内蔵助のもとへ、近づいてくる武者がいた。

佐々家の老臣、井口太郎左(たろうざ)だった。

「殿よりお下知がござりまする」

背は低いががっしりした体格の井口は、上目がちに内蔵助を見ながら言う。

「兄者がどうした」

「信長さまに申しあげよとのことで。わが手勢に先陣をたまわりますように、と」

井口は早口に言った。

「兄者が、先陣をつとめるだと？」

おどろいて聞き返すと、井口はこっくりとうなずく。

「これまで、信長さまの下でわが佐々の家は先陣をたまわったことがござらん。こたびは尾張の命運をかけた大いくさじゃ。ここでこそ名を挙げよ、と殿は張り切っておられる」

「……今川勢の人数、兄者は承知かや」

「むろん、聞き及んでおりまする。それゆえ、名を挙げるにはまたとなき機会かと」

うむ、と内蔵助は考え込んだ。

人数に大差があり、ただでさえ不利な戦いである。先を駆けて突っ込み、うまく敵の首をあげても、十倍の敵がいては、味方の陣へ帰るまで自分の命があるかどうかわからない。決して得な役回りではないのに、兄はどんな思惑（おもわく）から志願するのだろうか。

内蔵助の疑心を先読みしたのか、井口が言う。

「そのためにいつもより多くの人数をひきいてござる。岩倉の下にあった村々の者や、信長さまの勘気をこうむった浪人衆などもあつめて、万全の支度で出陣してまいった」

なるほど、それで人数が多かった謎が解けた。

考えてみれば、兄は十数年前に小豆坂（あずきざか）の合戦で敵の首をとって名を挙げて以来の、歴戦の強者（つわもの）である。

小豆坂の合戦は三河の安城城をめぐって、信長の父、織田信秀と今川義元が争った戦いだった。今回も場所はちがうが、今川義元との戦いとなる。

小豆坂の手柄を思い出して、兄がやる気になったということだろう。先陣を志願したとて、何の不思議があるだろうか。心強いことだと内蔵助は納得した。

「わかった。信長さまに申しあげてみよう」

そこで待てと井口に言い置いて、内蔵助は本殿の裏へ歩いた。

本殿の奥の日陰で、信長は宮司や近習たちに囲まれていた。甲冑姿で床几に腰を据えたまま、ひっきりなしに指示を飛ばし、合間には先行した物見の者の話を聞いていた。整った目鼻立ちのその顔は、いっもより精悍(せいかん)に見える。

信長の手が空(あ)くのを見はからい、その前に膝をついた。

「申しあげまする。わが兄佐々隼人正、こたびのいくさ、ぜひ先陣をたまわりたしと申しておりまする。お慈悲をもって先陣を申しつけらるるよう、お願い上げまする」

一気に言って見上げると、信長の鋭い目がまともに内蔵助を射て来た。一瞬、身体に痺(しび)れのようなものが走った。

「隼人正は何を考えておる」

信長は内蔵助を見据えたまま言った。

「は？」

「このいくさ、今川勢はわれらの何倍にもなる。それがわかっていながら先陣を望むとは、何を考えておるのじゃ」

信長の声はあくまで冷静だった。

「小豆坂の合戦に思いをいたし、またあのように馳走(ちそう)を、と」

「隼人正がさように申したか」

「はっ」

事実ではないが、勢いである。内蔵助は頭を下げた。

信長は目を宙にやって考えているようだった。ひと呼吸、ふた呼吸ほどの間だったが、待つ身の内蔵助にはずっと長く感じられた。

「よい。先陣をまかせる。そう申し伝えよ」

信長は膝をたたき、命じた。そのとき、口の端(はし)が少し上がって、薄く笑ったように見えた。

「ありがたき仕合わせ。かならずや手柄をたててご覧に入れまする」

内蔵助は深く一礼して下がり、拝殿前で待っていた井口に、申し出は受け入れられたと告げた。

兄のもとへもどる井口の背を見ながら、内蔵助は兄のいかつい顔を思い出していた。

兄に関しては、いい思い出はない。

物心ついたころには、すでに長兄の隼人正が家の総領となっていた。だから兄弟といってもいっしょに遊んだこともなく、かけられる言葉は主人から家来への言葉と変わりはなかった。

今の世の中では内蔵助に限らず、次男以下の厄介者（やっかいもの）はみな家来同然にあつかわれ、恵まれぬ暮らしを強（し）いられる。信長の近習にならなかったら、内蔵助はいまでも比良の城近くに住んで、平生は田畑を耕し、合戦となれば馬上、槍ひと筋をかいこんで敵方に突っ込んでゆくような立場だっただろう。

そんな間柄だから、さほど兄に情愛を抱いているわけではない。だが敵に向かったときには、恐れを知らずに突っ込んでゆく勇猛な武者だということは、認めざるを得ない。先陣は似合いだろう。

「佐々どの、早く早く」

と近習仲間から呼ばれた。

「おお、すまんすまん」

内蔵助は拝殿の裏へまわった。

すぐに全軍を拝殿の前にあつめての戦勝祈願がはじまった。

内蔵助はほかの近習たちとともに、本殿の中で宮司の合図を待っていた。宮司は本殿の横に立っていて、参拝する諸将のようすを見ている。

柏手が鳴り響くと、宮司が手をふった。合図だ。

それとばかりに内蔵助はじめ近習たちは足踏みをし、身体を揺すった。

本殿が鳴動し、甲冑の草摺（くさずり）がすさまじく鳴り響く。参拝していた兵たちがどよめいた。

「さては大明神もわが小勢を憐れみたまい、力を合わせてくれると見ゆるわ」

と信長の声が聞こえた。内蔵助たちはたがいに顔を見合わせ、にやりとした。

辰の刻(午前八時前後)すぎには行軍の順番が決まり、熱田神宮を進発した。

先陣をうけたまわった隼人正のひきいる佐々一族は、道案内の千秋四郎とともに先頭を行く。

そのとき、白鷺が二羽、行く手を導くように飛び立った。合戦を前にして吉兆だと騒ぐ者もいたが、内蔵助にはその種がわかっていた。あらかじめ白鷺をとらえておいて、出陣前に放ったのである。小勢の味方の士気を高めるために、信長と近習たちとで考え出したことだった。

――このいくさ、信長さまとわれら近習たちのいくさじゃ。

内蔵助はそう思っていた。

本家ではものの数にも入らない厄介者でも、信長は一人前にあつかってくれる。それればかりか友のように肩を組み、ともに往来を歩いた。競べ馬をし、弓や鉄砲の稽古もいっしょにした。夏になれば褌一丁でいっしょに泳いだ。信長は老臣たちに対してだけではなく、家来に対しても型破りだった。

そんな信長のためならば命を投げだしても惜しくないと思う。命じられたから戦うのではない。信長とともに生き残るため、進んで戦うのだ。

軍勢は南に向かい、境内にいくつかある社のうち、源太夫の宮の横を通りすぎた。

「おう、煙じゃ」

声があった。見ると東南の空に黒煙がふた筋上がっている。

「あの方角なら、丸根と鷲津の砦か」

夜明け前から攻めかけられたふたつの砦が、いま落ちたのだ。

――なあに、案の内(うち)じゃ。

ふたつの砦を捨て石にする作戦は、信長から打ち明けられていた。大軍の今川勢を分断し、疲れさせるために、犠牲になってもらうと。だから内蔵助たち近習におどろきはない。

ここからは海が見える。群青(ぐんじょう)色の海の上に白い入道雲があった。上空には風が吹いているのか、西から黒い雲が流れてきていた。この分ではやがてひと雨来そうだ。

先頭の千秋四郎から信長のところへ使い番が来て、海手の道は潮が満ちて通れないと告げた。

信長は潮のようすを聞き、海からはなれた上手（かみて）の道を行くよう命じた。軍勢は小走りになり、荒野と林の中の道を通って鳴海城近くにある織田方の付け城のひとつ、丹下砦（たんげ）へと向かった。

三

熱田神宮から一里（り）半（約六キロ）ほどの道のりだった。

丹下砦は、昔の土豪の屋敷を利用したもので、山というほどではないが、小高く隆起した地にある。濠一重（ほりひとえ）土塁（どるい）一重の砦である。

大手門から入ると、砦にいた三百名あまりの軍勢に迎えられた。

炎暑の中、小走りに駆けさせられた足軽たちは、競って日陰に入り、水を飲んだ。

内蔵助は馬を下りると、何人かがそうしているように土塁の上にのぼった。

小高いところにあるだけに、物見台に上がるまでもなく、周囲がよく見張らせる。田畑と荒野ばかりの中、数町南の方角にひとかたまりの幟旗が見えるのが、今川方の鳴海城である。

「あれを攻めるのか」

という声があがった。

今川の大軍が、丸根、鷲津の両砦につづいてこの丹下砦を攻めるなら、対する織田勢としては先に鳴海城を潰しておきたいところだ。鳴海城が落ちれば、拠点をなくした今川勢はそれ以上、侵入して来ないかもしれない。

「いや、ちがう」

近習衆のひとり、賀藤弥三郎が声を返す。

「城攻めの支度など誰もしておらんぞ」

たしかに楯や竹把(ちくは)などもないし、井楼(せいろう)を組む竹材なども持ってきていない。

今川勢と対峙するとなれば、十倍の敵勢とまともにぶつかることになる。誰が考えても勝ち目などない。

——さあて、どうなさるおつもりじゃ。

ここから先はどうなるのか、誰もわからない。信長もそれはおなじだろう。わかっているのは、信長は大将の今川義元の首を狙っているという一点だけだ。

――あとは信長さまの采配次第じゃ。

土塁を降りてみると、信長は砦の守将、水野帯刀(みずのたてわき)を呼んで今川勢の

動向を聞いていた。

「丸根、鷲津の砦を落とした今川勢は、大高城に入って人馬を休めて

おるとみえまする」

水野帯刀が告げる。

「大高城の外に今川勢はおるのか」

「中島砦の南、東海道ぞいに、今川の物見が出没しておりまする。あ

のあたりに一隊がいても、不思議はござらん」

中島砦は、この先の善照寺砦よりさらに南にある。その距離、およそ十町（約一・一キロ）ほどだろうか。三河から尾張へ通ずる海道筋を押さえる、重要な拠点である。

「義元の本陣は、いずこじゃ」

信長は抑えた声で問う。

「それはまだ……。いずれにしても、さほどは離れておらぬかと」

「近くにおるのは、わかっておるわい！」

信長の鋭い声があたりの空気を震撼させた。

「もっと物見を出せ」

水野帯刀に命じた。

「よいか。物見には東海道の奥まで見に行けと申せ。そしてもどる時は中島砦へもどるのじゃ。われらはさらに進む。そなたらも来い。この砦はもう用なしじゃ」

「では」

「おお、進発じゃ。支度をせい」

砦の守兵たちがわらわらと出陣の支度にかかり、砦の中は騒がしくなった。その中で、

「千秋四郎と佐々隼人正、これへ」

という信長の声に、ふたりが前へ出た。信長は命じた。

「そなたらはいまよりすぐに出立して、今川の先陣をさがせ。中島砦より先になるじゃろう。見つけ次第、われらに注進せよ」

「もし相手が小勢ならば、ひと当てしてもよろしゅうござるか」

千秋四郎の問いに、信長は即答した。

「まかせる。すぐに出よ」

ふたりは一礼すると、駆け足で自分の手勢のところへもどっていった。

「内蔵助さま」

馬に乗ろうとしていると、声をかけられた。

「おう、甚三郎（じんざぶろう）か」

佐々家の家人だった。二十五歳と内蔵助とおなじ年頃なので、比良城にいた子供のころはよく遊んだものだ。

「近ごろにない大いくさじゃな。あわてて飛び出してきたか」

とからかった。甚三郎は粗忽者（そこつもの）で、やれ呼んでもすぐに来ないの、命じた仕事が遅いのと兄にはよく怒られていたのである。

「いや、それが……」

甚三郎は言いにくそうにしている。

「なんじゃ、ゆるりと参ったとでも言うのか」

「はあ……。わしは、触れ太鼓を聞いて六つ（午前六時）前には比良のお城へ駆けつけたのに、それから長々と待たされて……。なにやら殿や井口どのなどが奥に籠もって内談されておったらしくて」

内蔵助は不思議に思った。井口の話では、遠くから兵があつまるのを待っていたようだったが、それでは話がちがう。

「陣触れがあったというのに、何を話し合っておった」

「それが……」

甚三郎は困ったような顔をする。

「気をつけてくだされ」

「ん？ 何を気をつけろと」

「しかとはわかりませぬが、どうやら殿は、今川に返り忠をしようとしておられるようで……」

「なに！」

内蔵助はおどろいたが、つぎの瞬間、思わずあたりを見回した。こんな話を聞かれたら大変だ。甚三郎の甲冑の袖をつかんで引き寄せた。

「詳しく申せ。なぜ返り忠をなすのじゃ」

声を押し殺し、たずねる。

「さて、理由はとんと。しかし、城へ安食村の衆が参ったので、注進に奥へ通ったとき、中から殿の声で、今川どのに馳走いたすべし、信長はあてにならぬとはっきり……」

はっきりと、言ったのか。

内蔵助は顔が火照(ほて)るのを感じた。あきらかに裏切りではないか。

「それを、誰かに申したか」

「他の者もいっしょだったゆえ、もう人数の半分ほどには伝わっておりましょう」

甚三郎の顔は真剣だ。内蔵助は唇をなめた。

――こんなところで返り忠をされたら……。

ただでさえ兵力が足りないのに、先陣に今川方へ寝返られたらひとたまりもない。

信長に告げるべきか。

しかし告げたら最後、兄は裏切り者として軍神の血祭りにあげられ、佐々の家は断絶しかねない。それに、甚三郎の聞き違いとも考えられる。お調子者だから、信用できない。

「それで、みなで相談して、内蔵助さまに伝えようと。どうか返り忠を思いとどまるよう、殿さまにおっしゃってくだされ」

「………」

本当ならば、兄を止めねばならない。だが翻意(ほんい)させられるだろうか。どうせ兄はこちらのことなど、家来のひとりとしか考えていないのだ。戯言(ざれごと)を言うなと、斬られるかもしれない。

「こりゃ甚三郎、なにをしておる。出るぞ。列にもどれ」

と井口太郎左が怒鳴った。佐々の手勢はもう城を出るのだ。

「へ、へい」

甚三郎は首をすくめて、隊伍のほうへ足を向けた。

どうすればいいのか。

「佐々どの、千秋どの、進発なされませ！」

迷っているうちに、軍奉行（いくさぶぎょう）の下知が下った。

四

丹下砦を出てゆく佐々と千秋の手勢、それに陣借りをする浪人衆合わせて三百の隊列を、内蔵助は呆然と見送った。

甚三郎の言葉を信じて信長に告げれば、兄は討たれる。佐々の家は潰(つぶ)れるだろう。さりとて甚三郎の言葉が正しければ、味方は裏切りによって先陣から崩れてしまう。

「ええいっ」

迷っている暇はない。まずは兄に会って直(じか)に確かめることだ。

内蔵助は陣屋の中にいる信長へ声をかけた。

「殿、それがしも兄について先陣をつとめとうござります。お許しを願いまする」

戦場で持ち場をはなれるのは禁じられている。近習の内蔵助が信長の側をはなれるのは曲事(くせごと)だが、信長に何と言われようと兄を追うつもりだった。

「待て、内蔵助、これへ来い」

手招きする信長をいぶかしみながらも、内蔵助は床几の前へ膝をついた。

「何があった。申してみよ」

鋭い目で見詰められ、内蔵助はまた全身に痺れが走るのを感じた。

「い、いいえ。ただ、手柄を立てたいだけにござりまする」

「隼人正が今川へ内通いたしたか」

あっと思った。なぜ信長が知っているのか。

「よもや、さようなことは！」

否定するが、声は震えている。

「ふん。ここまで出仕(しゅつし)もせなんだ輩(やから)が、急に人数をつれて先陣をのぞむなど、笑止(しょうし)の沙汰よ。わからいでか」

信長の声は力強い。

「それで先発させたのよ。返り忠をするならするがよい。どうせわしの手の内は読めぬ。今川の手先となって襲いかかろうとしても、すでにわが手勢は見当違いの方角へ行っておろう」

「で、では……」

「よし。その手で止められるものなら止めてみよ。少なくとも、わが行軍の邪魔をさせるな。それがそなたの役目だわ」

内蔵助は短く応諾の声を発して、信長の前から退出した。

足が震えていた。

吉次郎から手槍をうけとるとすぐに馬に乗り、砦を出た。まずは善照寺砦に向かう。兄の一隊が出てからさほど時は過ぎていないから、追いつけるはずだ。

南へと向かうが、道は深田と沼地の中の一本道である。しかも敵の鳴海城からは五町ほどしか離れておらず、途中に身を隠す木立もない。

案の定、鳴海城からばらばらと足軽が出てきて、鉄砲を撃ちかけられた。何度も轟音(ごうおん)が響き、馬体のほんの近くを鉄砲玉が通過する。内蔵助は馬の首にしがみつき、一本道をひたすら駆け抜けた。

善照寺砦は、丹下砦とおなじように高台にあり、鳴海城への道をにらんでいる。

鉄砲玉に追われ、内蔵助は開かれた門へ走り込んだ。

馬から下りると、城兵たちが寄ってくる。敵が攻めてくるところへ駆け込んできた内蔵助を、伝令と思ったのだろう。

「いや、下知はたずさえておらん。それより……」

そう言いかけてよろけそうになった。わずかな距離なのに汗みどろになっていた。

「それより、わが兄者を知らんか！　佐々隼人正じゃ」

内蔵助がたずねると、

「佐々どのならば、ここを通りすぎて中島砦へ行かれたぞ」

と教えてくれる者がいた。

「中島砦へ？」

この先、川を渡って数町のところにある砦だ。

「おう、敵勢を確かめるのじゃろう」

兄は本当に先陣をつとめるつもりなのか。意図がわからなくなってきた。

「邪魔をした。ご免」

すぐに門を出た。とにかく兄の一隊に追いつかねばならない。

善照寺砦から中島砦へは、高台を下ってから黒末川を渡る。鳴海城からは高台の陰になるので、鉄砲を撃ちかけられることはなかった。

馬を川に乗り入れ、人馬ともに泳ぎ渡ると、中島砦はすぐそこだった。

「兄者！」

三百の兵は中島砦の前で、千秋四郎と隼人正の二手に分かれ、思い思いに佇んでいた。

「なんじゃ内蔵助、信長の側におらんでもいいのか」

隼人正は、馬から下りた内蔵助に警戒の目を向けてきた。

「お許しをいただきました。わしも先陣をつとめたいので」

「……信長に何と命じられた」

「いいえ、何も。わしはただ許しを得ただけにござれば」

隼人正は、それでも胡散(うさん)臭げに内蔵助を見ている。

「ここの手は足りておる。そなたは信長の側にもどれ」

「なぜ？　兄者の側にいてはいけませぬか」

「いっしょにいて、ふたりとも討たれたら佐々の家が滅びるぞ」

「………」

内蔵助は隼人正を正面から見据えた。

本当にそう思っているのか。

「兄者におたずねしまする」

「なんじゃ」

「まさか、今川方へつくおつもりでは、ないでしょうな」

内蔵助が言うと、隼人正の表情が瞬時に固まった。にらみつづける内蔵助に、隼人正が口を開きかけた。

そのとき馬蹄の音がして、数騎が海道筋から砦の前へ駆け込んできた。

「今川勢、こなたへ向かっておりまする。その数、およそ五百！」

駆け込んできた武者が、隼人正の前に膝をついて告げた。

「来たか」

隼人正は腕組みをし、海道筋を見た。

「おおい、佐々の衆よ」

砦の物見台からも声がかかった。口に手を当てて、大声で告げる。

「信長さまのお手勢、丹下の砦を出られたぞ。もうすぐ善照寺砦にお着きじゃあ」

物見台からは鳴海城、丹下砦のあたりまでよく見えるようだ。

「物見の衆か！」

「いや、本隊じゃ。二千はおるぞ」

前からは今川勢、うしろからは大胆にも信長が本隊を進めてきた。

「こうしてはおれん」

馬はここに置いておけ、身軽になって得物(えもの)をとれ、と隼人正は全軍に命じた。

「出立じゃ。今川方に向かうぞ」

慌ただしく隊列をととのえる兵たちの中で、

「兄者、今川方へ突っかけるのじゃな！」

と内蔵助は怒鳴った。

「だまってついて来い！」

隼人正は一喝すると、兵たちに進発を命じた。

物見の兵を先行させ、弓、鉄砲を先頭に、それぞれの得物を持った武者、槍足軽がつづく。

内蔵助も隊列の中ほどにいた。甚三郎たちと目を交わし合っている。

海道筋を東へ向かうと、しだいに小高い山が多くなり、見晴らしが利かなくなる。風が出てきて、兵が背負っている旗指物をはためかせる。雲の流れも速くなり、陽射しが翳(かげ)った。

——ひと雨来るか。

いよいよ合戦というときに雨とは、間の悪いことだと不安になった。

四、五町も進んだところで、隊列が止まった。

「敵勢じゃ。油断すな！」

先頭からの声に緊張が走るが、陣立ての指示はない。合戦ならば散開して、幾段にも構えなければならないところだ。

——やはり……。

今川方へ寝返ろうとしている。

内蔵助は隼人正のもとへ駆けつけた。

「兄者、なにをしておる！　なぜ陣立ての指図をせぬのじゃ」

「小わっぱ、その口の利きようはなんじゃ」

隼人正は目をつり上げ、怒鳴り返してきた。

「小わっぱではないわ。信長さまの名代じゃ」

内蔵助は胸を張って言い返した。この合戦は、信長と近習たちとで仕立て上げた合戦だ。邪魔はさせない。

「信長の手先か。佐々の家の者でも信長が大事か」

「佐々の家が大事だからこそ、信長さまに頼るのじゃ」

「阿呆。何を寝言をならべておる」

隼人正の顔は、真剣だ。そしてその口から思いもかけぬ言葉が飛び出した。

「信長はな、わが比良の城を奪う気でおるぞ。そのくらい、わからぬか」

五

隼人正の言葉に、内蔵助は一瞬、息を止めたが、すぐに吹き出した。

「まさか！　それこそ笑止千万じゃ。何を証拠に。信長さまは、佐々の一族や兄者の暮らしぶりを気にかけておられたぞ。それを……」

が、内蔵助の笑い顔はすぐに凍りついた。

たしかに信長は佐々一族を気にしていた。それは果たして、親愛ぶりを示すためだったのか。

機会さえあれば、佐々の領地をひと呑(の)みにしようとしての支度ではなかったか。

清洲城のすぐ近くにある比良の城は、信長にとって何かと目障り(めざわ)りなのだろう。

内蔵助はうろたえ、言葉を失った。

「さような者についてゆけるか」

隼人正の言葉は、重かった。

「し、しかし……」

「しかしも糞(くそ)もあるか。食われたくなかったら食う。さもなくば家を保つことなど、できはせぬ」

風が強くなり、向き合ったままの内蔵助の頬を叩く。旗指物がうるさく鳴る。

「……それで、今川方へ寝返りか」

「鳴海城の山口。あれの手引きでな。今般は義元どのの先導役となって、清洲城まで案内するわい。されば領地は安泰じゃ。その約束は取りつけておる。誓紙もある」

「………」

「そなたも佐々の家の者なら、わしにつづけ。家を保つには、これしかないわい」

内蔵助の頭の中に、信長の鋭い目つきが甦る。果たして、家を保つには今川につくしかないのか。

頼むべきは信長か兄者か、どちらだ。

「今川勢、近づいております。この先、海道の七町先におよそ五百！」

物見の者がもどってきて告げる。

「殿、お下知を。使いの者を出さねば、もう間に合いませぬ」

井口太郎左が迫る。

気がつくと、隼人正と内蔵助の周囲に郎党があつまっていた。それも、内蔵助の背後と隼人正の背後に、ほぼおなじ人数が立っている。

「なんじゃ、わぬしら！」

隼人正が叫ぶ。

「郎党どもは控えておれ。口出しは許さぬぞ」

だが郎党たちは動かない。

「わしらにも言わせてもらう。命がけなのは、わしらもおなじじゃ」

内蔵助の背後で声がした。甚三郎だ。

「今川へつくとしても、どんな扱いになるか、わかってからのほうが

「……」

「もう内通の話はされたのでござろうか」

反抗はしたものの、やはりあるじに逆らうのは怖いのか、遠慮がちに問いかけてくる。

「今川勢はすぐそこに来ておるぞ。今さら何を寝ぼけたことを申しておる！」

「信長もそこまで来ておるわい。話す暇などないわ」

隼人正の側についた郎党たちから声が飛ぶ。

「いいや、いまこそ佐々の家のとるべき道を決めようではないか」

内蔵助は手を大きく広げ、言った。

「織田か今川か。われらが頼むお方は、いずれじゃ。みな、申せ。衆議にはかって決めるがよかろう」

「ええい、だまれ、だまれ！」

隼人正が、内蔵助の言葉を打ち消すように怒鳴る。

「聞いておればいい気になりおって。おのれら、分際を知れ。家来ならばあるじにだまって付き従えばよい。すっこんでおれ！」

顔を赤くし、唾を飛ばして怒鳴るが、それでだまる者はいない。むしろ冷たい目で隼人正を見る者がふえた。

「家来とて命は惜しい。かかあも子供もいる」

甚三郎がぼそりと言う。

「どうせ仕えるならば、器量のあるお方に仕えたいものじゃ。末のことを思えば……」

だが甚三郎は最後まで言えなかった。隼人正が甚三郎めがけて手槍を投げつけたのだ。

手槍はものの見事に甚三郎の喉首を斬り裂いた。血が四、五尺も飛び散り、横にいた内蔵助の顔にも生温かいものがかかった。甚三郎は声もあげずに倒れた。

「何をなさる！」

「いくらあるじとて、なるまいぞ」

郎党たちは騒然となった。

「家来の分際で過ぎたる申しようが許せぬ。たったいま手討ちにした。ほかの者も討たれたくなくば、わしに従え」

抜きはなった大刀を手に隼人正は叫ぶが、騒ぎはおさまらない。二手に分かれ、口々に罵(ののし)り合う。

「ええい、逆らう者はみな成敗してくれるわ。わが刃(やいば)を受ける者は、かかって来い！」

隼人正は大刀を振りかぶり、仁王立ちになって叫び立てる。背後の郎党も、それぞれ槍や弓を構えた。

内蔵助たちは数歩退いて、これもてんでに槍を構えた。

「内蔵助、者どもを押さえろ。わしに逆らう気か。容赦せぬぞ」

「……無理じゃ、今となっては」

兄に逆らいたくはない。だが横暴を見過ごすこともできない。

「あの信長めが今川に勝てると思うてか。家のことを考えろ」

「家とは何じゃ。考えておるのは、兄者自身のことだけじゃろうが！」

隼人正の顔がゆがんだ。

「討て！」

隼人正の側の郎党たちが、槍を抱えて突っ込んできた。

迫ってきた鋭い穂先を払うと、内蔵助は叫んだ。

「やめい！　同士討ちしている場合ではないぞ」

だが郎党たちはすでに乱戦に入っていた。

槍と槍を向け合い、互いに隙をうかがう者たち、矢を受けて転倒する者、高股（たかもも）を突かれながら槍の柄をにぎってはなさず、相手の腕を斬り落とそうと大刀を振るう者……。怒号と甲冑がぶつかり合う音が湧き起こった。

内蔵助もやむをえず郎党に手槍を向けた。気負って打ちかかってくる郎党の槍先を押さえこみ、肩を突いて倒した。

郎党のうしろにいた隼人正と向き合う形となった。隼人正は大刀をだらりと下げたまま内蔵助をにらみつけると、

「内蔵助、逆らう気か。三男坊が家を潰すのか！　この愚か者が！」

と鋭い声を浴びせてきた。

総領の兄は父も同然だった。怒声を浴びて、身体が痺れた。

――討てない……。

槍を構えたまま足が出なくなり、どっと汗が噴き出た。

内蔵助の胸中を見透かしたように、隼人正は命じた。

「あやつらを成敗する。手伝え」

大刀で、戦っている郎党たちを指し示す。

そんなことはできない。どうすればいいのか。

そのとき不意に、信長が父信秀の葬式で抹香をつかみ投げた姿が思い浮かんだ。

衝撃的な姿だったが、その意味がいまようやくわかった。信長は抹香を投げつけて亡き父を否定したのだ。しかも、父だけではない。信長は、兄弟であっても逆らう者は打ち倒した。弟の信勝（のぶかつ）は合戦で圧倒したのちに誅殺（ちゅうさつ）しているし、異母兄の安房守（あわのかみ）もはかりごとをめぐらして殺している。

凡人にはできないことを、信長はいとも軽々とやってのけた。だからこそあの若さで尾張一国を支配していられるのだ。

そこまで思い至って、内蔵助は槍を握りなおした。そう。信長を見習えばよい。

「兄者、そうはなるまい」

槍先を向けると隼人正は顔色を変えて大刀を構えたが、内蔵助のほうが早かった。気合いとともに突き出した手槍の穂先が、隼人正の腹に巻き込まれた。隼人正は断末魔の喉声を発して身体を海老折りにし、やがて横ざまに倒れ伏した。

「お、おのれ……、総領に逆らうとは……」

なおももがく隼人正を見て内蔵助は槍をほうり出し、右腰の馬手差を抜いて兄の上に馬乗りになった。

「戦国の世に兄も弟もないわ」

首にとどめをさし、動かなくなった隼人正を見下ろしていると、銃声が響いた。

あっと思う間もなく、内蔵助の右手にいた郎党が倒れた。

「敵じゃあっ。あれに今川の兵が！」

郎党が海道筋を指さす。旗指物を背負った軍勢が、丘陵の狭間（はざま）をいっぱいに埋めて、ひたひたと迫ってくる。同士討ちをしているあいだに、近づいてきたのだ。

「鉄砲、前へ」

「弓を早く！」

郎党たちは混乱した。こちらが撃ち返す前に、また鉄砲の音が響いた。それも一発や二発ではない。耳が痛くなるような乱射の中、内蔵助のとなりに立っていた郎党が、吹き飛ばされるようにして倒れた。

鉄砲のつぎは矢の雨だった。空から落ちてくるような遠矢だが、それでも当たれば甲冑を貫く。数人が声をあげて倒れた。

人数が少ない上に不意を打たれ、態勢を立て直せない。

「内蔵助さま、お下知を！」

郎党から言われ、内蔵助はうなずいた。

「退くぞ。中島砦まで退け、退け」

佐々の郎党たちはわれがちに逃げはじめた。

鉄砲の音が轟くたびに首をすくめ、矢音におびえつつ、内蔵助も走った。背後に今川勢の喊声を聞いた。矢玉に倒れた者は、置き去りにするしかなかった。

敗残の兵数十名が一団となって、ようよう中島砦に逃げ込んだ。

そこに二千の兵と信長がいた。内蔵助は床几にすわる信長の前に呼び込まれた。

「見ておったぞ。そちゃ、やったな」

笑いもせず、信長は言う。

「これで邪魔が消えたわ。そなたは今から佐々の総領じゃ。比良城も安堵しよう。これからも精一杯奉公せい」

「………」

そんなつもりで兄に逆らったのではないが、内蔵助は素直に頭をさげた。信長に大きな恩をこうむったと感じていた。

そこへ早馬が飛び込んできた。

「殿へ、殿へ注進じゃあ。乗り打ちご免！」

門からまっすぐ馬を走らせてくる。

馬上の者は、梁田左衛門太郎だった。内蔵助といっしょに清洲城を出た近習仲間だ。

「申しあげまする。この近く、九坪を本領としている。今川義元、ただいま桶狭間の山上に陣を張り、中食の支度にかかっておりまする」

左衛門太郎は、馬から下りると信長の前に膝をつき、一気に告げた。

「義元が、桶狭間か。きっとそうか」

信長は色めき立った。

「は、まちがい、ありませぬ」

「人数は！　本陣の人数は、いかほどじゃ」

「しかとは見え申さず。まず五、六千にはなるかと。ここに取りかければ、われらの勝利は必定にござる。早々にご出陣を！」

左衛門太郎の答を聞くと、信長は床几から立ち上がった。

「これより出立じゃ。全軍、出よ」

言うが早いか、馬にまたがった。今川本陣に攻めかけるつもりらしい。

「殿、お待ちあれ」

「この人数で取りかけても、犬死にござりまするぞ」

柴田、林といった老臣衆が、信長の馬の手綱に取りすがって止めようとする。

信長は馬から下りもせず、叫んだ。

「ええい、愚か者めが。よく聞け。あの軍勢は、夜もすがら来て丸根、鷲津にて手を砕き、疲れたる者ばかりぞ。こなたは新手ではないか」

よく通る声だった。みながはっとした。

「大軍とて恐れるな。運は天にありじゃ。このいくさに勝てば、ここにいる者はすべて家の面目、末代の高名まちがいなしじゃ。ただ一途にはげめ！」

言うや、老臣衆を引き倒すようにして馬を飛ばした。またもや大将の一騎駆けである。

「遅れるな。急げ！」

近習たちがつづき、ついで足軽や馬乗りの武者たちが従った。

内蔵助も、生き残った佐々の郎党たちをひきいて砦を出た。

――大将とは、こうありたきものよ。

信長は、ただの猪武者ではない。しっかりと弁も立つ。いまの信長の言葉で、砦にいた兵たちはみな、自分たちも勝てそうな気になっている。二千人を言葉で奮い立たせ、ひとつにしたのだ。これこそ大将の器量だ。

――やはり、わしが頼うだるお方よ。

はやり立つ心で、内蔵助も走った。馬はさっきの負けいくさで失ってしまったから、走るしかない。だがまるで苦にならなかった。

今川の物見を追い散らしながら、二千の兵は海道筋を東へ駆けた。

途中、空が暗くなり身体が浮くほどの風が吹きつけ、たたきつけるような雨が落ちてきた。

――おお、天佑じゃ。

これで、丘陵の高みから見張っている今川方の物見に姿を見られずに進める。不運と思われた雨まで、味方につけてしまった。

運も器量のうちだとするなら、やはり信長は大器量の持ち主だ。雨に打たれて走りながら、このあるじについてゆけば行く末までまちがいないと、内蔵助の確信は強まるばかりだった。

吹きすさぶ嵐のような雨は、小半刻（三十分）ほどでやんで青空がのぞいた。そのとき、海道筋の東側の山上に、多くの旗指物が見えた。

「あれぞ義元の本陣ぞ。すわ、かかれ、かかれ」

信長の大音声が響く。

二千の軍勢は、喊声をあげて山の斜面へとりついた。

内蔵助も駆けた。勝ち負けも、おのれの命も頭になく、ただただ義元の首をめがけて斜面を駆けのぼっていった。

牛頭天王の借銭

――神主　氷室兵部

一

「……この家、高木駿河守基経のぉ〜、武門高く久しく、立ち栄えしめ給えと、かしこみかしこみ、もうす〜」

神棚に向かって振っていた御幣を額の前におさめ、深く一礼して、善次郎は祓を終えた。うしろにすわっていた高木駿河守はじめ、北の方や家の子郎党たちが、善次郎にならっていっせいに礼をする。

これで家祈禱は終わった。

「いやあ、ありがたいことでわが家も武運長久、まちがいなしだわ」

家長である高木駿河守が口を開いた。

「ご大儀さまでござった。ならばこちらへ」

家長みずからが広間へと案内してくれる。

美濃(みの)国は岐阜の、稲葉山麓(いなばさんろく)にある侍(さむらい)屋敷である。

庭に面した広間には、すでに膳部がならべてあった。上座に着いた善次郎のあとから、家の子郎党もそれぞれの席に着く。直会(なおらい)の席だから、白の浄衣(じょうえ)に身を包んだ善次郎は当然のように盃を手にする。

「ちょうどいいところへ来てくだされた。九月となればあちこちで祭りがあって、とても岐阜へは来てもらえぬと思うておりましたが」

駿河守から盃に酒を受けつつ、

「ちと所用がございましてな、こちらへ寄りましたもので」

と正直に答えた。

「ほう、所用とな」

「あ、いや、所用といってもさほど大事ではござりませんので」

ちらりと疑いの色が見えたので、あわてて言い繕った。さいわい駿河守は深く追及してこず、自分の盃を干した。

善次郎は、尾張国津島にある牛頭天王社の神官である。

神官といっても、神社でくさぐさの神事を執りおこなうより、御師として旅に出て御札を配り、祈禱をして回っていることのほうが多い。

牛頭天王社の御札には「蘇民将来之子孫」と書かれている。これが疫病よけになるとされ、とくに夏場にはありがたがられるし、身に危険が迫る合戦のときにも頼りにされるのである。

善次郎のような御師たちの活躍もあって、津島牛頭天王社は尾張だけでなく、美濃や三河（みかわ）にまで名をひろめ、いまや伊勢（いせ）神宮と並び称されるほどの名所になっていた。

この御札を配る先の信者を檀那（だんな）というが、駿河守は善次郎の檀那だった。御札を配りにこの屋敷に顔を出したところ、ちょうどよかったと家祈禱を頼まれたのである。

「しかし、今年はあちこちでお祓いを頼まれますな。岐阜の方々は急に信心深くなられたのでしょうかな」

そんなはずはないと思いながら、つい疑問が口をつく。実際、岐阜へ来てからまだ十日ほどだが、家祈禱を頼まれたのはこの家で三軒目である。

「ほほう、そんなに」

今度は駿河守が感心する番だった。

「ま、誰しも考えることはおなじかな」

「は？」

「いや、こちらの話でな」

駿河守はもごもごと口ごもる。

「ま、なんであれ津島さまに来てもらえたのは、よいことだて。これで心おきなく出陣できるというものだわ」

「お、出陣でござりますかな」

「上様がちと手勢が足りぬとおおせでな、老骨のわれらも出番とあいなった」

先月からこの岐阜の城主、上様こと織田信長は隣国近江(おうみ)に出陣している。岐阜の城下では主人が戦陣にある留守宅が多いが、さらに人が出て行くのか。

「ははあ、また大きないくさがありますかな」

それほど人を集めるのなら大合戦になるにちがいない。

「ま、どうかな」

駿河守は言葉を濁した。

実際、織田勢はこのところ合戦つづきだった。

去年六月に近江の浅井(あざい)、越前(えちぜん)の朝倉の軍勢と、姉川(あねがわ)の河原で数万人が一堂に会する大合戦をした。河原が人で埋まり、姉川の流れが血で赤く染まったというほどの激戦だったらしい。

これに打ち勝って朝倉勢を追い散らし、浅井を小谷城に押し込めると、そのあと織田勢は大坂まで出張って一向宗の一揆勢と派手に鉄砲の撃ち合いを演じた。さらに冬になると、姉川の敗戦の巻き返しに出てきた浅井朝倉勢を比叡山に押し上げ、大軍で山の周囲を取り巻いて締めあげた。

この時はさすがの織田勢も合戦つづきでへたばっていたらしい。浅井朝倉勢を討つことができず、年の暮れになって和談をととのえて陣を解き、岐阜へ帰ってきた。

今年に入ってからも、五月に大軍勢をととのえて、一向宗が支配する伊勢長島へ向け、尾張と美濃からいっせいに進軍した。

このときは川が入り組んだ難所に阻まれ、攻め切れずに引き返したようだ。退去するところを攻められて、名のある大将が討ちとられているから、負けいくさといってもいいだろう。

とはいえ、さほど深入りせずに引き揚げたから、傷は浅くて戦力もほとんど損じていない。

長島から引き揚げたあとしばらくは鳴りをひそめていたが、八月からはまた近江に攻め込んでいて、いまも近江の戦場にいる。

こうして見てゆくと、好きで合戦をしているとしか思えないほど、切れ目なくあちこちに喧嘩を売って歩いている。

なんともはた迷惑な上様ではある。

しかし、おかげで津島牛頭天王社は助かっている。

信長の織田家は、もともと津島にほど近い勝幡（しょばた）を根拠地にしていたので、津島牛頭天王社を産土神としている。

いかに大きな勢力を誇る大名になろうと、天王社からすれば信長は産子のひとりである。そのため、これまでもいろいろと便宜をはかってもらってきた。産子の上様の力が強くなればなるほど、産土神にはかってもらえる便宜も大きくなるというものである。

今回、岐阜へ出てきたのもそのことに関連しているが、それはここで言うことではない。

「ま、ここで祓をしておけば大丈夫。悪神、疫神は退散しましたぞ」

自信たっぷりに言ってやる。駿河守は穏やかな笑みを浮かべ、「これを」と言ってそっと紙包みを渡してくれた。お初穂（祈禱料）である。

善次郎は無言でその紙包みを手にとった。売り買いの代金ではなく、神様への捧げ物だから礼など言う必要はない。いや、言ってはいけない。

「おお、それと」

と善次郎は紙包みを懐に入れながら言った。

「来年、わが社は本殿や拝殿などの造替を期しております。いや、年季を経て本殿も傷みが激しゅうござってな。また浄財をあつめねばなりませぬ」

とひとくさり口上を述べた。来年は銭をあつめに来るぞ、という予告である。

「ま、そのときは」

応分の負担をしようという言質(げんち)をとりつけて、善次郎は駿河守の屋敷をあとにした。

二

岐阜の城下町は、城のある稲葉山の麓(ふもと)にひろがっている。麓近くに広い敷地を持つ大身(たいしん)の侍の屋敷と寺があり、ややはなれて小身(しょうしん)の者たちの屋敷が散在していた。東には稲葉山の山塊(さんかい)が壁のように立ちはだかり、北は長良(ながら)川を天然の濠(ほり)とする。南と西には空堀と土(ど)塁(るい)がもうけられ、城下町を取りこんで惣構(そうがまえ)を構成している。

稲葉山はいま、赤や黄色などに木々が色づき、錦をまとったようなあでやかな姿となっている。

その偉容をあおぎながら、宿所にしている檀那の屋敷へもどろうと歩いていると、うしろから呼び止められた。

「やはり来ておったか」

ふり返って、ぎくりとした。

津島の富商、紅屋の手代で宗吉という男だった。

「勝手は許さんぞ」

険しい顔で迫ってくる。

「何を許さんと？」

いきなりの高飛車なもの言いに、善次郎はかちんときた。

「われらが何をしようと勝手じゃ。そなたらの許しを得るつもりなどないわ」

「それが銭を借りている者の言うことか」

「銭？　借りる？」

やはりその話かと思いつつ、善次郎も突っ張る。

「いくら銭を借りておろうとも、岐阜へ来てはならんなどと言われる筋合いはないぞ」

「上様に借銭をなんとかしてくれと泣きついておるのじゃろ。聞いたぞ」

誰が漏らしたのかと思ったが、信長への提訴は津島の神官たちのあいだで話し合って決めたのだから、知る者は多い。いくらでも漏れるだろう。

宗吉が言うとおり、津島からわざわざ岐阜まで来たのは、津島牛頭天王社の神主をつとめる氷室兵部の借銭のためである。

借りた銭が積もり積もって膨大なものになり、いくら請求されても払えないから、どうにかしてほしいと信長に申し出ているのだ。

氷室家は、津島一帯を領有するほか、尾張の何カ所かに領地をもっている。

だからそれなりに収入はあるはずだが、津島一帯といっても津島は湊町であり、領有している町場は人家ばかりで米や麦がとれる田畑はごく少なく、年貢の高は知れている。ほかの領地も地侍たちに押領されて、年貢などまるで進納されないようだ。

神主の下にいる神官たちも家屋敷のほかに給分として領地があるのだが、そのあがりは微々たるもので、ほとんどの収入は御師としての祈禱料や神楽を奏して得る花代、それに参詣に津島まで来た檀那方を泊めて稼ぐ旅籠代などである。

神主とて神官とおなじで、御師の仕事にはげまなければ食っていけない状態になっているのに、兵部は出歩くのを嫌う。

手代たちを御札配りに歩かせているものの、そのあがりはほとんどが手代たちの取り分となって、氷室家を潤すことは少ない。兵部がほんとうに稼ごうと思うなら、自分の足で檀那回りをしなければいけないのだが、そんな殊勝なようすは微塵も見られない。

その上、兵部は金遣いが荒い。

神主としてやまと歌の修練にはげむのはある程度仕方がないが、大金を出して『古今集』の注釈本を買い求めたり、旅の歌人や連歌師を屋敷に泊めて歓待したりするので、そのたびに出費がかさんでゆく。

さらにまずいことに津島は商家が多いので、金を借りるのに便利だった。足りなくなると気軽に借りることを繰り返し、利銭（りせん）もかさんで、いまや返済を迫られる身になっているのだ。

氷室兵部本人の借銭だからひとりで訴え出ればいいようなものだが、あきれたことに本人には返さねばならないという自覚が乏（とぼ）しい。借銭もお賽銭（さいせん）の一種くらいに思っているらしい。

その上に年寄りで、銭勘定もちゃんとできるかどうか、あやしくなっている。

それでも津島牛頭天王社を治める神主であるから、ほうってはおけない。

神主の借銭は神社の借銭とばかり、借銭の代わりにご神体を持って行かれるおそれもある。そんなことになったら神事が執（と）りおこなえなくなってしまう。第一、神様が借銭に負けたとあっては外聞が悪すぎる。氷室家ばかりでなく、牛頭天王の威信にかかわる。檀那方の御師への尊崇の念も薄れてしまうだろう。

御師として食っている十数人の神官たちにとっては、笑ってすまされない事態なのだった。

実際に氷室兵部は一度、執拗な借銭の催促に耐えられず、姿をくらましている。三十年ほど前のことだ。

そのときは信長の父、織田信秀（のぶひで）が借銭を津島五ヶ村の者たちでなんとか弁済するよう命令し、切り抜けている。

にもかかわらず、また借銭が積もってしまったのである。

心配した神官たちが話し合った結果、尾張を治める信長に借銭の棒引きを愁訴(しゅうそ)することに一決した。

といっても兵部本人だけでは心許ないので、誰か手助けが必要だろうということになり、神官の中でくじ引きをしたところ、善次郎が当たりを引きあて、岐阜まで付き添って面倒を見ることになってしまったのである。

「またうやむやにされてはかなわんからな。上様に嘆(なげ)きを申し上げに参ったところじゃ。そなたらの勝手にはさせんぞ」

宗吉の鼻息は荒い。

三十年前、信秀から出された判物(はんもつ)によって、津島五ヶ村で面倒を見るように言い渡された兵部の借銭は、結局は村の年寄りたちも払わず、当時貸した者はいまだに損害を引きずっているというのだ。

「それは知らん。払わなかった五ヶ村の年寄りたちを責めてくれ」

「そんなことできるか。そもそも貸した者はみな津島の者ではないか。自分で自分に支払えというのか」

まあそういうことだ。借銭はなかったことにしてくれ、というのが本音である。

「神主さまとて、あまりにも人もなげな振る舞いじゃ。二度とおなじことはさせん」

面倒なことになったなと思った。この宗吉は牛頭天王への尊崇の念がまるでない。そういう者を相手にするのはやっかいだ。

「しかしな、考えてもみやれ」

善次郎は言う。

「そなたらが商いで銭を稼げるのも、津島が繁盛しているからだろう。津島はなぜ繁盛しているのか、考えたことがあるか。これはもうわが牛頭天王社のおかげに決まっておる。参詣人が絶えず来るから、魚も米も売れる。船頭も乗せる人が多くて繁盛する。そうじゃろ」

これは事実である。津島は湊町でもあるが、近ごろでは川が浅くなって海から大船が上がって来られなくなり、ほかの湊町とのあいだでの交易はむずかしくなっている。牛頭天王社がなければ人の往来はもっと少なくなっているだろう。

「だからといって借銭を踏み倒してもよいとはなるまい」

宗吉はいらいらしたように言う。

善次郎は首をふった。

「いやいや、そこが肝心のところよ」

「おお？」

宗吉は目をむいた。

「なぜ神主さまが借銭を重ねられたかといえば、みな拝殿をなおしたりご神体を拭ったりといった、ご奉仕に銭がかかったからではないか。つまるところ、わが社を末代まで伝えようとしたための費えが、神主さまの借銭だぞ。それならば、わが社のおかげで商いが成り立っている商家の者たちが少々負担してもよいのではないか。いや、もともと津島の商家の者たちが合力すべき銭を、神主さまが先に払っておられたのだ。利銭をつけて返してほしいくらいのものだな」

一気に言い放つと、宗吉の顔いろが変わった。

「ええい、よくもよくもぬけぬけと……。するとなにか？　神主さまの毎晩の酒代までもわれらに払えと申すか。神社の裏手に囲っておる側女（そばめ）の養い料までわれらが支払い分じゃと申すか」

痛いところを突いてくる反論にはまともに答えず、

「銭も使わずに繁盛できると思うほうがあまいのよ。商売がしたければ、応分の払いはあたりまえだな」

と言ってやった。

宗吉は「な、なんと」と唇をわななかせている。

「それとも、わぬし、わが社に楯突くつもりか」

と今度は宗吉をにらみつけてやった。

「わが社はな、上様の産土神ぞ。産土神のありがたさは、そなたも存じておろう。産土神の祭りを欠かせば、その在所の者どもはみな不幸におちいる。神主さまが欠ければ祭りもできぬ。そなたは神主さまを借銭の返済で責め立てて退転させ、上様を不幸に落としたいのか」

宗吉がおどろいたように口を開いた。貸した銭を返してくれと主張しただけなのに、いつの間にか信長を呪詛（じゅそ）するような話にすり替わっているのだから無理もない。

「それに、牛頭天王をなんと心得る。ただの神様ではないぞ。蘇民将来之子孫と書いた御札をもっていれば疫病を避けられると、そんなことばかり考えておっては思い違いもはなはだしい。牛頭天王は強い神様ぞ。そなたらに罰を与えることもできようて。悪いことは言わん。おとなしく上様の裁断を待て。それならわれらもなにもせん」

おだやかに言い聞かせたつもりだったが、宗吉には効き目がなかったようだ。

「都合が悪くなれば神様を出しての脅しか。それでは町の衆の了解は得られまい」

と言ってさらに目を細め、

「こちらも言うことがあるからな。夕庵(せきあん)さまのところに行ってきた。いずれ呼び出しがあるじゃろ。夕庵さまの前で対決することになろうな」

と言うと立ち去っていった。

どうやら神様の恐さがよくわかっていないようだ。

「この罰当たりめ！」

と叫んだが、聞こえたかどうか。

三

「遅かったな」

奥から声がかかった。

「いやいや、歓迎されましてな」

善次郎は答える。

「どうやらまた大いくさが迫っておるようで。われらが来たのは渡りに舟とばかりに、祓を頼まれました」

「信長めは、あきれるほどいくさ好きじゃな」

言いながら出てきたのは、白髪の老人だった。上背はあるが、首に筋が浮き出るほどの痩身である。津島牛頭天王社の神主、氷室兵部少輔(しょう)だった。

「餓鬼のころから乱暴者じゃったが、いまは天下を相手に喧嘩をしよるか」

「お盛んなことにござります」

どこに耳があるかわからない。善次郎は当たり障りのない相づちを打った。

「信長がおらんでは、ちっとも進まぬではないか。だから訴訟などやめろと言うたに」

兵部は渋い顔をする。

善次郎はむっとした。誰のための訴訟かと言いたい。

しかしここで言い争っても何にもならない。

「ま、上様がござらずとも、話は夕庵さまがお聞きくだされます。安心しておまかせくだされ」

腹立ちをおさえて、なだめに回らねばならなかった。

「岐阜の町も見て回ったし、ここにいるのも飽きたぞ」

と兵部はまた立場をわきまえぬことを言う。

「明日、また夕庵さまの屋敷にうかがって、話をいたしまする。それまでお退屈でしょうが、少々こらえてくだされ」

本当に貧乏くじを引いたなと思う。

「しかとそうか。それで終わるのか」

「いやあ、それは無理でしょう。まだまだ手間も暇もかかりましょう。根の深い話ゆえ」

「まだじゃと？ いつまでいればいいのじゃ」

それはこちらが訊きたいことだ。

「ま、明日の首尾によりましょう」

いらいらしながら説き聞かせる。

——まったく世話が焼ける。

舌打ちしたい気分である。兵部のお守りは想像していた以上にやっかいだった。

「なにも右筆などに細々と話をせずとも、信長本人にわしが頼むと言えばそれですむ。信長がもどったら使いをよこすようにしておけばよかろう。わしがまた来て話をしように」

と本人は強気である。

まったく世の中をわかっていない。

「上様はいまや、何カ国も膝下（しっか）におく大大名ですぞ。さようにたやすくは会ってくれませぬ」

と善次郎がいさめても、

「そんなはずはあるまい。いくら領地をふやそうとも、産子は産子。産土神に悪いようにはせぬわい」

と涼しい顔をしている。

「あやつめは子供のころから津島の祭りには目がのうてな。祭りの日によく来ては提灯（ちょうちん）船を喜んで見ておったわい。大人になっても忘れず、那古屋（なごや）の城に移ってからも、わざわざ津島まで来て剽（ひょう）げた踊りをおどっていったものよ。祭りがなくなるぞと脅せば、たちまち言うことを聞いて、よきに計らってくれようて」

本気でそう思っているらしい。こんなことだから借銭も積もるのだろう。

「とにかく、明日でござる。明日、夕庵さまによしなに頼み込まねばなりませぬ。そのように思（おぼ）し召（め）せ」

わがままな老人に説いて聞かせるのは、まことに骨が折れる。

「まず今晩はゆっくりとお休みあれ」

と老人をなだめ、自分の部屋にもどったが、気分はやすらかではない。

果たして明日はどんな話し合いになるのだろうか。

それにしても、信長も不思議な男だと思う。

二十歳前に父信秀の遺領を継いだときには、尾張半国さえ満足に支配できずにいた。なのにいまでは尾張、美濃だけでなく、近江をはじめ畿内数カ国まで従える大大名に成り上がっている。これほど出世した男は見たこともない。

出世の糸口は桶狭間（おけはざま）で今川義元を討ったことだろうが、その直前には、居城からわざわざ津島まで来て、みずから踊りをおどって津島商人たちの機嫌をとっていた。当時は兵力も弱く、そこまでやらないと領国を治められなかったのだ。

兵部には当時の印象が強く残っていて、信長をその程度の男だと思っているのだろう。

しかし人も世の中も日々進歩している。十年一日のごとく変わらないのは、神官と僧侶くらいのものだ。そのへんが神主の家に生まれついた兵部には、実感としてわからないようだった。

ただ兵部のあつかいに閉口しながらも、これしきの苦労は苦労のうちではないと思ってもいる。

神官の家に生まれたおかげで、百姓のように泥田を這いずりまわることもなく、武家のように恐ろしい戦場に出て光るものを振り回し、命のやりとりをする必要もない。

他人の家に行けば神様の代理としてあつかわれ、たいていは上座にすわらされる。

御札のように木や紙で作ったものを差し出せば銭に変わるし、ひとつ覚えの祝詞(のりと)や祓詞(はらえことば)を唱えていればお初穂が渡される。気にくわない家には、牛頭天王の祟りがある、と言ってやれば震えあがる。

じつにいい立場である。

いまのように乱れた世の中で、これほど恵まれた立場もそうはない。

考えようによっては、信長よりいいかもしれない。武将は人の上に立って威張っているが、いくら領地をふやし、家来を多く養おうが、一度合戦に負ければ首がなくなる立場にある。

それに武将の力など明日はどうなるかわからない。家来が裏切ったり敵方が力をつければ、すぐに人々が見向きもしなくなる。

その点、神様の力は不変である。言い伝えでは津島に牛頭天王社ができたのは何百年も前だという。何百年も変わらずに神官で食ってきたのだから、今後もたぶん大丈夫だろう。まことに頼もしい話だ。

子供のころは、祝詞や神楽の稽古をさせられるのがいやでたまらなかった。ほかの子たちのように石合戦や棒きれの合戦をして遊びたいと何度思ったことか。

しかし、いまや妻子もいて、危険な目にも遭わずに暮らしていられるのだから、文句を言ったらそれこそ神罰が下るだろう。

少々の貧乏くじなど、我慢しなければならない。

四

翌日、善次郎は兵部をつれて、信長の右筆である武井夕庵の屋敷へ出向いた。

「口上は、すべて私におまかせあれ。神主さまはうしろにどっしりとすわり、見ていてくだされませ」

と道々言い聞かせた。兵部にしゃべらせると、何を言い出すかわからないのである。

「うむ。まかせたぞ」

と兵部はうなずく。

善次郎はほっとした。

夕庵の屋敷で対応に出てきたのは、道家（どうけ）四郎と名乗る若い武者だった。前回、はじめてこの屋敷をたずねたときに話を聞いてくれた男だ。

「やはり借銭をすべて免じるのは、ちと無理がございましょう」

開口一番、そう言い渡されてしまった。

「なにゆえに氷室どのだけ借銭を免じるのか、理屈がつけられませぬ。さような朱印状を出せば、上様の名に傷がつき申す。とてもさような話をあげるわけにはいきませぬ」

面憎（つらにく）い言いようだが、至極もっともな話である。

借銭を返すにはまず本人が努力し、それが無理なら周囲の者の協力をあおぎ、それでも駄目となったとき、はじめて貸し主にまけてくれと交渉するものだろう。今回の頼みはそんな手続きをすっ飛ばして、信長の威光ですべての借銭を踏み倒そうというのだから、どう考えても虫がよすぎる。道家四郎の指摘は当然だった。

しかし、そんなことは言われるまでもなくわかっている。わかっているが、無理にでも話を通すつもりである。これで引っ込んでいては津島へ帰ってから何を言われるかわからない。

善次郎は粘りの手に出た。

「いやいや。しかしわが社は上様にとっては格別の社でござれば、ここはひとつ、曲げてお許しを願いたく」

「格別と申しても、それで天下の決まりを曲げるわけにはまいりませぬ」

「わが社は上様の産土神でござるぞ。産土神が潰れては上様にもよいことはござるまい」

「いや、借銭は氷室どののものでは……」

「おなじことでござる。神主が借銭で退転してしまえば、産土神も祭れませぬ。祭れなければ神様はこの世に出てこられず、神意もご威光を通じませせぬ」

神様は別格だろうと言いたいのだ。この言葉に道家四郎は詰まった。

「……困りましたな」

道家四郎は口をへの字にして上を向く。若いだけに考えていることがすべて顔に出るようだ。

「うーむ。何かその……、曲げられるようなものがございますかな。借銭を免じるとした書きものとか」

四郎が苦しそうに言う。

「ございます、ございます」

善次郎は持ちこんだ風呂敷包みの中から、一枚の書状を取りだした。

「かように。亡き備後守（びんごのかみ）さま（織田信秀）の判物がございます」

いまから三十年ほど前の書状を見せた。氷室兵部の借銭を津島五ヶ村で面倒を見るよう、命じた内容である。

「備後守さまは産土神の大切さをよくわかっておいででした。ああ、このころは上様も勝幡におられ、よくわが社へ来られたもので」

と適当なことを言った。やっと三十歳を越えたばかりの善次郎がそのころのことを知るはずはないのだが。ただ、信長が天王祭を見るのが好きで、よく見物に来ていたのは事実である。

「そしてこれが、上様にこの備後守さまの判物を認めていただいた書きもので」

もう一枚、信長の朱印のある書状を出した。信秀の判物を追認するという内容である。

「ふむ。なるほど」

前例があれば、筋の通らぬ判物も出しやすいらしい。

「これならば、いくらか考えようがござりますな」

四郎が顔をあげて言った。

「おお、さようで」

「すべての借銭の棒引きは無理でも、利銭を減らすよう命じるくらいはできましょう」

「……いや、それでは不足でござる」

善次郎は思わず高い声を出した。

「不足？」

四郎は怖い目つきになった。

「いくらなんでも、すべてを棒引きにするのは無理でござりましょう。一度、棒引きにしているのなら、二度目はさらに無理というもので」

強い口調でまくし立てる。どうもこの男には産土神のありがたさがわかっていないようだ。

「そこを何とか……。なんせわが社は境内も広く、拝殿をはじめ建物も多ければ、修繕にも多大な費えがかかりましてな、とても社領からの年貢だけではやっていけませぬので」

今度は泣き落としに手を変えてみた。

「信者の檀那方も、さほど余裕があるわけではござらん。わが神主さまがみずから手を砕いて境内を直しておられればこそ、わが社も面目(めんもく)を保っておるので……」

「ならば御師の方が借銭を肩代わりされてはいかがかな」

四郎は言う。もっともな話である。牛頭天王社がきれいに保たれて、もっとも恩恵を受けているのは善次郎のような御師たちだからだ。

「いやそれは。われわれももちろん、神域を清らかにしたいと思うて、さまざまにご奉仕はしております。しかしそれだけではとても足りぬので」

あわてて言い訳をしなければならなかった。やぶ蛇だったようだ。

「なかなか納得いただけぬようですな。はて、この五月に上様が津島へ来られたとき、お願いはしてあったのですがな」

ふたたび攻める方向を変えてみた。

五月に織田の大軍勢が長島を攻めたとき、信長は津島へ来て指揮を執った。そのとき、津島五ヶ村の者どもとともに、神主の兵部や善次郎たち牛頭天王社の神官も挨拶に参上した。借銭の話も、おそれながらと申し上げたのである。信長の反応は、まずまずだったと聞いている。

「うかがっておりませぬな」

道家四郎はにべもなくはねつけてくれる。

——こやつ、手強い。

善次郎の額に汗が浮かんだ。たやすく進む話とは思っていなかったが、牛頭天王社の名前でもってなんとかなるものだと思っていた。

――若い者は信心が薄いからな。

これが年寄り相手ならまだ話が通じるのに、と思う。若い者を相手にするのはまことにやりにくい。

「いやあ、そこをなんとか」

と食い下がろうとしたときだった。

「ええい、ごちゃごちゃぬかすな。わぬしではわからぬ。上に話をつながぬか！」

と大声がした。

善次郎はどきりとした。

「津島の神主が参ったと、わぬしの主人に申せ。いちいち細かいことで煩わせるでないわ。早く行け！　でなければ信長にじかに申すが、それでよいか！」

兵部が怒鳴りつけるので、前にすわっている道家四郎がぽかんとしている。

恐れていたことが起きてしまったようだ。

「いや、これはこれは。はは、なんとも」

間の抜けた言葉を漏らしながら、善次郎は立ち上がった。

「ここは私めにおまかせを。神主さまはどうかお先に宿へおもどりくだされ」

「なにを申す。そなたでは埒(らち)があかぬ。わしがきちきちと言い聞かせてやるわい」

「いいえ、ここは私めにおまかせを」

「信長に言えばすむことじゃ」

「は、わかっておりまする」

兵部の背中にまわり、引きずり上げるようにして強引に立たせ、従者を呼んで部屋から去らせた。

「なんですかな、あれは」

四郎の顔が引きつっている。

「いや、もうしわけござらん。年をとって、少々もうろくしておりまして。ものごとの分別がつかぬようで……」

「はあ、そのようですな。まったく無礼な」

その後もあれこれと頼み込んだが、一度引きつった四郎の顔と態度は硬化するばかりだった。どうしても全額棒引きは無理だという。

「ま、とにかくご検討をお願いいたしまする。また参りますので」

善次郎はいったん引き下がることにした。

屋敷を出てから思う。じつにやっかいな役を押しつけられたものだ。こうなると貧乏くじどころではない。

――もう少しましな神主がいてくれたらな。

ため息の出る思いがするが、なんとも仕方がない。あるじと親は、植木のようには取り替えられないのである。

替えられないといえば、そもそも三十年前とおなじ難題を引き起こしているということは、兵部は三十年前からまったく進歩がないといいうことではないか。

神様というのは昔からずっと変わらないものだが、それだけに神職も出世とは無縁で、暮らしもほとんど変わらない。

百姓のように泥田を這い回る苦労はないが、自分の手で作りあげたものが育つのを見る喜びもない。武将のように首を狙われることはないが、領地を広げて豊かになることはない。

そう考えると虚しくなるが、

――ま、それも贅沢だな。

身に危険が及ばないところで暮らし、食うに困らなければそれで十分ではないか。

そう思うことにして、宿への道をとぼとぼと歩いた。

五

武井夕庵への訴えに日にちがかかっている一方で、善次郎はせっせと檀那の家に顔を出していた。

岐阜の町には一万人近い人が住んでいるというが、尾張からの移住者が多い。その中には善次郎の檀那もけっこういる。一度岐阜へ来たからには、その檀那をすべて回らなければならない。回らないと、あそこには来たのに、うちには来なかったと文句が出るのである。

家祈禱の依頼も多い。

依頼があれば、善次郎は気軽に引き受ける。神棚をととのえ、紙を切って御幣などをつくるのにおよそ一刻（二時間）、そしてお神楽をあげるのに半刻。子供のころから何百回と繰り返した手順だけに、お手のものである。

終わったあとの直会の席では、酒のせいか率直な話が聞けるのも楽しい。

「上様も、いまじゃ京まで領地にして威勢のよいことよ。果てはどこまで行かれることやら、わからぬようになった」

と信長のひきいる織田家の急膨張ぶりを心配する声も聞かれる。

「上様がえらくなりなさるにつれて、こちらも領地がふえてゆくがな、いいことばかりではないぞ」

ある檀那は、さほどうれしそうでない顔で告げた。

「昔は尾張の自分の領地に屋敷を構えて、いざ合戦となったときに駆けつければよかったのに、いまはみなお城の近くに住めとのお下知(げち)じゃ。わしらも先祖代々、住み慣れた地をはなれてここまで来ておる」

善次郎は、ははあ、と相づちを打つ。

「お城だけでも那古屋から清洲(きよす)、小牧(こまき)と来てこの岐阜まで移して来ておりなさる。このあとも領地がふえれば、また移すじゃろう。われらはついていかねばならん。ご先祖さまの墓も祭りも、どうにも手が回りかねてな」

どこにいても産土神や氏神への祈禱とご先祖さまへの供養は欠かせないし、同族の結束を固める意味でも、祭りはやめるわけにはいかない。先祖代々の地をはなれ、信長について岐阜へ来ている者たちには、そんな心配がつきもののようだった。だから尾張から御師が来てくれるのはありがたい、と言われる。

善次郎にはその気持ちがよくわかる。

世の中のほとんどの人は、神仏を敬うというより畏（おそ）れている。疫病も災害も、みな神仏を怒らせたためにやってくるものだと思っている。祭りと祈禱は、その恐ろしい神仏をなだめる唯一の方法である。

「領地がふえるなら、よいではござらんか」

と善次郎はそつなく応じる。

「氏神や産土神の祭りなら、神主や神官を呼び寄せればようござる。神様は、神官が呼び出せば、どこにでも降臨なさるによって」

「そう言ってくれると、ありがたいな」

「なあに、祭る心さえお持ちなら、神様は悪いようにはしないものでござる。そのへんはようく見ていなさる」

と言って安心させておき、

「ただし、ないがしろにしようものなら、途端に神罰が下りますな」

と脅すことも忘れない。そしてその神様の代理人が、かく言う神官だということになる。

この論法なら、どう転んでも神官は責任を取る必要がなく、なにか不都合があっても非難されない。じつに便利な言い方である。

「いやいや、これは過ごしました。そろそろお暇しなければ」

と適当なところで直会を切り上げる。もちろんお初穂は忘れずにいただく。

——さてと。

屋敷からはなれた木陰に入ってから、善次郎は首を回し、両手を挙げて伸びをした。多いときは一日に二軒や三軒の家祈祷をこなすが、今日はこれで終わりである。まだ陽は高い。どうしようか。

夕庵の屋敷へ行こうかとも考えたが、どうせ行ったところでおなじ話の蒸し返しになるだけである。訴訟の件は、情況が変わるまでしばらく放置しておくしかなさそうだった。

二日後、武井夕庵の屋敷で対決が行われた。

何を言い出すかわからない兵部は宿においておきたかったが、本人が出ると言い張るのでそうもいかず、ふたりで出席した。悪い予感がしたが、仕方がない。

津島の商人たちは、宗吉のほかにふたりが出てきた。

話し合いは終始、商人たちが引き回した。

「いくら神主といっても、借銭を返さなくていいという法はござりませぬ。全額棒引きなどもってのほか。あまりに身勝手な言い分にござります。どうかお聞き届けなさらぬよう、お願い奉りまする」

という言い分に、道家四郎はうなずく。

善次郎は、牛頭天王社がいかに津島に貢献しているかと訴えて防戦につとめた。神様のありがたみをわかっていない者たちには、それしかないと思ったからだ。

「いまの神主さまには返す力はござりませぬ。借りた銭も、拝殿や本殿など境内の修築に使ったものでござれば、これはもう神社への寄進と考えて、返せなどと罰当たりなことを言わず、すっぱりとあきらめたらいかがでしょうかな。みな神社の恩恵をこうむっておるのでしょうし」

とまくし立てたが、耳を貸す者はいない。

「借りた銭はきちきちと返すのが当然の話でござろう。しかしあまりお困りのようならば、利銭くらいは少し面倒を見てあげてもよろしいのでは」

というのが道家四郎の結論のようだった。

たしかに筋の通った話だが、それではこちらはのめない。

「いや、それができぬから……」

と言いはじめた善次郎の声を飛び越えて、

「なにが、あまりお困りのようならばじゃ！」

という兵部の声が部屋中に響き渡った。

「だまって聞いておれば好きなことを言いおって。わぬしでは話がわからん。信長を出せ、信長を！」

兵部は目をつり上げ、赤い顔で怒鳴っている。やはり我慢できなかったようだ。

「みな、わが社が信長の産土神であるということを忘れておる。払えぬ借銭を払えというのは、産土神の祭りをできなくするということじゃ。信長が許すはずもなかろう。まずは話を信長に上げよと言うておる」

手で追い払うような仕草までしている。

やってしまった。

もうこうなったら行き着くところまで行くまでだ。好きなだけ言えばいいと、善次郎は止めもしなかった。

「そも牛頭天王の起こりとは、須弥山（しゅみせん）の半腹に豊饒国（ほうじょうこく）あり、その王子、七歳にしてその丈（たけ）七尺五寸あり。頂きに三尺の牛頭あり、また三尺のあかき角あり……」

兵部は声を大にして、牛頭天王の由来を説く祭文（さいもん）をあげはじめた。

身の丈七尺五寸で頭に角が生えた牛頭天王は、嫁取りのために龍国へ行く。その途中、古単（こたん）という長者に宿をもとめたが、拒否され、蘇民将来という貧者にはあたたかくもてなされた。

天王は無事に嫁取りをし、子供ももうける。国へ帰る途中、宿を拒んだ古単を攻め滅ぼすが、そのとき蘇民将来が、古単の娘のひとりだけは助けてほしいと嘆願した。

牛頭天王は、それならば茅萱(ちがや)の輪をつくり、蘇民将来之子孫との札をつけよと命じた。はたしてその娘だけは助かった。牛頭天王は、蘇民将来の子孫を末代まで擁護するとのたまった……。

ざっとこんな筋の祭文を、兵部は堂々たる声と節回しで朗詠したのである。

「かようにおそろしき神様を、さて、いかにせん。そなたらの手には負えまい。だから信長に話せと申しておる」

兵部の頭の中では、いつの間にか牛頭天王と自分が一体になっているようだ。

宗吉たちは兵部の朗詠に圧倒されているように見える。いや、呆気にとられていたのかもしれない。とにかく無言でいる。

「ここでやいのやいのと言っていてもはじまらぬ。ぜひとも上様に話を上げてくだされ」

善次郎もこのときとばかり、兵部の言い分を後押しした。

それでも道家四郎は平然としている。薄笑いすら浮かべていた。

「いや、それはならぬと申して……」

「そなた、上様に叱責されるのを覚悟の上で申しておるのか」

兵部が怒りをこめて道家四郎をにらんだ。

「上様が叱責なさるとは思えませぬな」

道家四郎は応じる。

「二日前に上様がどこを攻めたか、ご存じですかな」

やけに落ち着いた態度だった。

「いや。近江におられるとは聞いておるが」

「比叡山を、焼いてしまわれた」

「何だと？」

「もう一度言いましょうか。比叡山をまるごと焼き討ちされたのですよ」

そう言われても、すぐには何のことだかわからなかった。

比叡山には延暦寺（えんりゃくじ）がある。天台宗（てんだいしゅう）の総本山であり、信者と末寺は日本中に広まっている。津島の牛頭天王社とは比べものにならぬほど多くの伽藍（がらん）があり、人もまた多い。仏様の卸元（おろしもと）のような寺である。それだけでなく、膝下に多くの荘園と僧兵を抱え、古くから大名並みの力をふるっていた。

まさか、その延暦寺を焼き討ちにしたというのか。

「さようで。延暦寺は一宇も残さず焼け落ち申した。僧どももずいぶんと討ち果たしたようで。上様らしいなされようにござる」

「………」

言葉もなかった。

神仏の祟りなど、何とも思っていないというのか。

そういえば、岐阜へ来てからやたら祈禱を頼まれるので不思議に思っていた。

このせいか。

みな比叡山を焼き討ちすると知って、仏ならぬ神に頼ろうとしたのか。

「さような上様ゆえ、いくら産土神であろうと、容赦はなさらぬと思いますな」

家来たちが神仏を恐れていても、上様はまったく恐れていないということだ。

勝ち誇ったように言う道家四郎に、善次郎も兵部も何も言い返せなかった。神の力を信じぬ者には、牛頭天王も無力である。

結局、宗吉たちも少し折れて、十カ年賦で元金だけ返すということに落ち着いた。道家四郎が判物を書き、上様が岐阜に帰り次第、裁許を得て双方に出すという。

利銭だけでも免除してもらえたのは収穫といえるが、今のままでは元金を返すあてはない。

ふたりは夕庵の屋敷を出た。善次郎の横を、兵部がよぼよぼと歩いていく。

「ま、あとのことは津島へ帰ってからゆっくり考えましょう」

ため息混じりの善次郎の言葉に、ん？　と兵部が弱々しい目を向けてきた。

「たとえばこんな手もありまする。来年、社殿の造替をしますから、そのときに国中を回って勧進いたしまする。うまくすれば、その勧進の銭から借銭は払えましょうに」

神官たちのあいだで話し合っていた奥の手である。やりたくない手だが、借銭のカタにご神体を持って行かれるよりはいい。拝殿がひとまわり小さくなったり、鳥居の数が減ったりするだろうが、そこは御師全員で誤魔化すしかない。

「まことか」

兵部が小さな声を出した。

「牛頭天王をありがたいと思う者は、いくらでもおりまする」

信長に頼らずとも、そういう者たちから銭を巻きあげればよい。

兵部はこれで元気になったようで、背筋を伸ばして歩きはじめた。

しかし善次郎の気分は沈んだままだった。

――それにしても、比叡山を焼き討ちか。

とんでもないことをするものだ。

信長のような危ない人物を産子にしていていいのだろうかと、最前とはまったく逆のことを考えもした。

神仏のほうが生きた人間を恐れねばならぬとは、世の中あべこべではないか。

何百年経とうが大樹のようにびくともしないと思っていた神官の座が、ひどく頼りなく、ちっぽけなものに思えてしまった。

――来なきゃよかった。

足元がくずれていくような不安を感じながら、善次郎は兵部とともに宿所へ向かって歩いていった。

右筆(ゆうひつ)の合戦

——右筆　楠木長諳(くすのきちょうあん)

一

天正三年（一五七五）十一月五日の夜――。

上京二条にある妙覚寺では、境内のあちこちに篝火が焚かれ、槍を手にした足軽たちが要所に立っていた。

物々しい警戒は、先月、岐阜から上洛した織田信長が宿泊しているためである。

すでに夜は更け、信長本人のいる母屋は静かになっているが、母屋につづく庫裏の一室に明かりが灯っている。

「これはまた、ずいぶんとありますな」

その一室で、楠木長諳（くすのきちょうあん）は村井長門守（ながとのかみ）と原田備中守（びっちゅうのかみ）のふたりに対していた。

「なにせ、公家衆（くげしゅう）のほとんどと、主立った寺社に何らかの知行（ちぎょう）を下されるのでな」

腕組みをした原田備中守が言う。

長諳は、ふたりのあいだに置かれた十数枚の紙を量（はか）るように指先で触（さわ）っては、渋面（じゅうめん）をつくっていた。長諳の渋面はいつものことなので、ふたりは気にしていない。

「明日いっぱいには、とても」

「そこを頼み入り申す」

村井長門守が拝むように手を合わせた。

「知行をといっても、公家衆に宛行(あてが)うのは初めてのことじゃ。どれほど下したらよいのか方途を計りかねておってな、それで遅れてしもうた。上様もいつになく慎重になられて、なかなかよいと言ってくださらなんだ」

「とはいえ、ことは祝儀(しゅうぎ)じゃ。日を経(へ)てはありがたみも薄れる。なんとしても明日中にはすべて始末を付けよとのお下知(げち)での」

ふたりはこもごも言う。

それで遅れた尻をこちらに持ちこむのか。

長諳はもったいをつけるように腕組みをし、はあとため息をついた。

そして首を左右に回したあと、

「お下知とあってはやむを得ませぬな。京のうるさ方に出す書状となれば、わしの他に書き手はおらんやろし」

と引き受けた。不満はあったが、なんであれ右筆の自分が書かねば終わらない話だ。

ふたりの顔がぱっと明るくなった。

「無理を申して、まことに心苦しいが、頼み入る」

「かたじけない。この埋め合わせは、きっと」

とこもごも言って去っていった。

残された紙を長諳は手にとった。

横二尺弱、縦一尺ほどの紙に細かい字でびっしりと書かれているのは、知行を宛行う者の名前と、どこの地を何貫文分という知行の内容だった。一枚あたり十名ほどだから、ざっと見て百数十名といったところだろうか。

信長の下で京を預かる村井長門守と、近習の原田備中守が調べて書き出し、右筆筆頭である武井夕庵の手をへて信長の裁許を得た、知行宛行状の草案である。

つまり、長諳は明日中に百数十枚の知行宛行状を書かねばならないのである。

なぜ一度にこんな大量の知行宛行状を書くことになったのかといえば、上様こと織田信長が大納言になったからだった。

朝廷から達しがあり、信長は昨日参内してこの栄誉を受けた。さらに明後日、重ねて右近衛大将にするとの内命が下っている。

信長はこれを機に各公家に知行をばらまくつもりなのだ。衰微したとはいえまだ隠然とした力を持つ公家たちを手なずけ、畿内周辺の支配をやりやすくしようとの腹だった。

長諳は剃(そ)り上げた頭をつるりと撫でた。

「やれやれ、しんどいことや」

と独りごちたが、口に出すほどには迷惑だと思っていない。

長諳の書は世尊寺(せそんじ)流で、当代一との評判をとっている。文書の書き方である書札礼(しょさつれい)はもちろん、経典(きょうてん)や漢籍(かんせき)にもくわしく、知らぬ字がない。この腕前があればこそ、今をときめく信長の右筆に採用されたのである。

文を書くのはお手のものだし、もっといえば大好きだった。大量の書き物を命じられるのも、自分の腕前を示すよい機会だと思えば、苦痛どころかうれしいくらいである。

しかしそんなことを言い出すと感謝されないので、みなの前ではおくびにも出さないでいる。

とはいえ、これだけの文書を一日で書けと言われるとむずかしい。慌ただしい中で書いた書状に間違いがあると指摘されるのも無念だ。

「正辰(まさとき)や」

長諳は息子を呼んだ。

「お呼びでござりまするか」

奥に控えていた正辰は、父の長諳とおなじく信長の右筆をつとめている。

「聞いたか。お公家さん連中に、知行宛行状を出すことになった。これだけを明日中に書かねばならん」

正辰に紙を渡すと、目をつり上げた。

「こんなに……。またやっかいな仕事ですな」

唇をゆがめ、露骨に嫌そうな顔をする。

「やっかいどころか、これは右筆の合戦ぞ」

長諳はいつものしかめっ面で息子を睨みつけた。

「今すぐにかからねば終わらん。さっそく墨をすれ」

「……」

「なんじゃ、不服か」

正辰の反応を見て、長諳は声を荒らげた。

もともと正辰は右筆の仕事に熱心ではない。親としてここは強く言い聞かせてやらねばと思っていると、

「……はあ、承知いたしました」

しぶしぶという調子で正辰が頭を下げた。

とにかく今晩からふたりで大車輪で書かねばならない。

二

山城(やましろ)国八条の内拾石(じゅっこく)の事、新地として之を進覧す、全く御直務(じきむ)あるべきの状件(くだん)の如し

天正(てんしょう)参年十一月七日　　信長

長諳は筆を置いた。すでに陽（ひ）は高くなっているのに、やっと十五枚。昨晩書いた分と合わせても二十五枚。なかなかはかどらない。

「正辰、そっちはどうや」

「はあ。やっと七枚で」

息子はもっと苦戦しているようだ。

「遅いぞ。もそっと手早くやれ」

「それが、なかなか……」

正辰は眉根を寄せてこちらを振り向く。この仕事が嫌で仕方がないと、その顔に書いてある。

「……まず、できた分を夕庵どのへ渡すか。そなた、持っていけ」

正辰に意見をするのも物憂くて、長諳はそう命じた。

書き上げたら武井夕庵に提出し、信長の名の下に「天下布武」の朱印を捺してもらわねばならない。それで初めて知行宛行状として効力を発揮する。

書き上げた書状のうち、墨の乾いた分を持って正辰が部屋を出ると、長諳は児小姓を呼んで白湯を持ってこさせた。気を利かせた児小姓が炒り豆も持ってきてくれたので、それをつまみつつ、湯気を吹きながら白湯を飲む。ついでとんとんと肩を叩き、首を回す。

——これは、終わるかな。

不安になってきた。明るいうちに半分ほど書き上がればいいほうだ。

あとは夜なべ仕事になるだろう。まあもともと無理な仕事だから仕方がないかと思う。

一方で気になるのは正辰の仕事ぶりだ。

右筆の仕事は、草案をただ清書すればよいというものではない。渡された草案はカナ文字でなぐり書きしてあるだけなので、宛所（あてどころ）や土地の名を正しい漢字にしようとすると、判じ物を解くような作業をしなければならない場合もある。

たとえば、タカツカサトノは鷹司殿でまぎれようがないが、イノクマトノは猪熊殿か猪隈殿か。考えてもわからなければ、いちいち問い合わせなければならない。

相手の位階や官位により、書札礼に則（のっと）って書き方を変えねばならないし、草案の内容が間違っている場合もあるから、不審の点を確かめる手間も生ずるだろう。

そういった手順をこなすのに、正辰はまだまだ修練が足りない。それで仕事を嫌がるのかとも思う。

だが何の仕事にせよ、下積みの苦労はつきものだ。苦労を厭（いと）うていては大成しない。それなのに近ごろの若い者は苦労を避けていい目だけを見ようとする。正辰もその口だろう。

「楠木さま、ご念の入ったことでござります」

もの思いに沈んでいると、廊下から声がした。振り向くと、烏帽子（えぼし）に直垂（ひたたれ）といった格好の男が膝をついていた。

「おお、これはこれは」

持っていた白湯の碗を文机において、男に向き合った。

「お忙しいところ、お邪魔いたしまする」

膝行しながら部屋に入ってきたのは、伊勢守といって、さる公家の家人である。長諳が楠木正虎と名乗って、松永弾正に仕えていたころからの知人だ。

「こたびは信長さまのご任官、まことにめでたい限りにて、都の者どもの喜び、これに勝るものはなしと感じ入ってござりまする」

「いやいや、丁重なるご挨拶、痛み入る」

「わがあるじにも、先日、旧領安堵の朱印状を賜り、まことにかたじけないことで。これは些少ながら筆耕料にてござりまする。なにとぞお納めを」

紙包みをすすめてくる。長諳は無言で引き寄せ、ちらりと中身を見た。銀の棒である。

「いつもながら、なんとも……」

もごもごと礼の言葉を言いかけて、紙包みを膝の横に置いた。

武士に押領（おうりょう）されていた家領を安堵し、押領している武士に領地からあがった年貢を返すよう、信長名で命じる書状を書いてやったのである。こうした場合、公家から信長へはもちろん金子（きんす）が渡るが、取り次ぎをして実際に書状を書いた長諳にも、筆耕料の名目でいくらか入る仕組みになっている。

「今後ともよしなにお願いいたしまする。わがあるじからも、いずれ御礼をと申してござりますが、今日はあいにくと他出しておりましてな、身どもが参上した次第で」

伊勢守は愛想を振りまく。

「おお、こちらこそよしなに」

長諳も頭を下げた。筆耕料は、右筆にとって大切な収入である。顧客をおろそかにするわけにはいかない。

「茶でも一服、いかがかな」

とつい世間話に興ずることになる。

伊勢守はさすがに京の住人らしく、公家や内裏の動向にくわしい。

この春以来、信長が諸国の道の整備に乗りだし、この京周辺でも道普請(みちぶしん)が行われたが、誰がどのあたりの普請を割り当てられて苦労したとか、夏に信長が長篠(ながしの)合戦で甲斐の武田を破ったときに、誰がどんなことを言ったかなど、面白おかしく話してくれる。茶のおかわりをし、小半刻（三十分）ほども話し込んでしまった。

「ところで、信長さま任官のお祝いになにかあるとか……」

伊勢守は探るような目つきをする。

「おや、お耳に達してござるか」

長諳は苦笑した。

「まさに書いているところでござるよ」

ちらりと文机をふり返って見せた。

「ほほう」

伊勢守は目を丸くした。

「申しわけないが、中身を漏らすわけには参らんので。それ以上は聞かないでくだされ」

「いや、決して」

伊勢守は大袈裟に手を振った。

「これは長居がすぎたようにござりまするな。いや、身どもはこれにて失礼いたしまする」

引き時を心得た男は去っていった。

長諳は伊勢守が置いていった竹流し銀を手にして、にやりと笑った。

右筆とはいい仕事だと、あらためて思う。

武士とはいえ敵を相手に槍を振るうわけではないから、命を落とす危険は少ない。無論、合戦には出るが、槍のかわりに筆をもち、大将の側で武功をたてた殊勲者の名を書き付ける役目である。矢玉にさらされることもない。

もちろん戦場で活躍をしない以上、手柄をたてることはできないから、大きな出世はのぞめない。現に長諳が信長から頂戴している禄など、わずかなものである。

しかしこういった筆耕料が馬鹿にならない額になるので、実入りが悪いわけではない。長年勤めて信頼されれば、時には信長の命を受けて奉行（ぶぎょう）や軍監として戦場に派遣され、武将を監視することもある。そこまでくれば武将たちから侮（あなど）られることもない。長諳はいまの地位に十分満足していた。

――思えば、ここへたどり着くまでが長かったわい。

長諳は自らの来（こ）し方をふり返る。河内（かわち）国の大饗（おおあえ）に生まれた長諳はもともと大饗甚四郎という名で、三好長慶の家来として出仕していた。二十歳の頃には初陣で城の攻防戦にも出たことがある。

だが小柄で痩せぎすの長諳には、重い甲冑を着込み、長柄の刃物を振りかざして戦場を駆け回るのは無理だった。

ある城を攻めたときなど、攻め太鼓に背を押されるようにしてやっと土塁の下にたどり着いても、そこで息が切れてしまっていた。恐ろしげな鉄砲の音が絶え間なく響き、矢がうなりを上げて飛び交う中で、土塁を駆けあがる勇気もなかった。鉄砲玉に少しでも触れれば、たちまち肉はえぐられ骨は折れ、血が噴き出して死に至る。そんな中へ駆け出すのは愚か者の所業としか思えなかった。

かといって味方に遅れて動くと、矢や鉄砲に狙い撃ちされる。元気に駆け出していった先鋒のあと、矢の雨がおさまってからのこのこ姿を見せた同輩は、たちまち銃弾に胸を撃ち抜かれて倒れ伏した。そんな中、長諳は土塁の下にひとり取り残され、身動きもならず、へたり込んでいた。恐怖に震え、泣き出したいくらいだった。

しかし長諳は幸運だった。しばらくして引き鉦が打ち鳴らされたのである。敵が意外に多くて、攻めきれなかったのだ。

最初に土塁を攻め上り、曲輪の内に入った味方は、ほとんどが討たれてもどって来なかった。わずかに逃げもどってきた味方とともに長諳は本陣に帰った。

この初陣で長諳はおのれの限界を悟った。とても戦場で手柄をたてる力はない。戦場は、生まれつき身体が大きくて頑丈な者が活躍する世界なのである。

しかし出世はあきらめきれなかった。武家をやめて百姓をしていては、侍衆に年貢を搾りとられるだけである。それは耐えられない。なんとか出世の道はないものかと知恵を絞った末に、戦場を疾駆する武将ではなく、帷幄で作戦を練る軍師をめざすことにした。

さいわい長諳の家系には、南北朝時代に活躍した楠木家の末流であるとの言い伝えがある。

楠木正成は朝敵とされたので、そのころは長諳も遠慮して楠木氏を名乗っていなかったのだが、正成の智将ぶりは『太平記』に描かれ、曲舞や謡曲になって世間に知れ渡っている。

ならば楠木氏を名乗り、正成の末裔として売り込めば、道は開けるのではないか。

そう思いついた長諳は、じっくりと方途を考えて、まず楠木氏は朝敵との汚名を払うため、楠木氏を許すという勅許（ちょっきょ）を出してもらうよう朝廷に願い出た。

実力者の三好長慶と松永弾正の後押しがあったせいか、これがまんまと成功し、長諳は朝廷の許しを得て楠木氏を名乗ることができるようになった。

そのあと松永弾正の側近くに仕えて軍師となる機会を狙ったが、さすがにそうは簡単に運ばなかった。

そもそも、合戦が始終あるわけではない。

それに合戦があっても、軍師の役目は陰陽道（おんみょうどう）による占いが主である。

楠木正成のように奇策を縦横に使う場面など、現実にはなかった。

そのうちに長諳の役目は、軍師ではなく右筆になっていった。

書に堪能だったので松永弾正の代筆をするうちに重宝がられ、いつしか本業になってしまったのである。

というわけで軍師にはなりそこねたが、後悔はしていない。右筆の仕事は自分に向いているし、その重要さもわかっている。戦場ばたらきだけが武士の能ではないと、今では自信を持って言える。

「ただいまもどりました」

思い出に浸(ひた)っているところに、正辰がもどってきた。

「これで間に合うのかと、夕庵どのがご心配で。上様のご命令は今日中だと」

と長諳の前にすわるなり言いだした。

「さようか。心配は無理もないがな」

たしかにまだまだ書くべき宛行状は多い。

「では急ぐか。暇どってしまったからな」

また筆を持つと、正辰がため息をついた。

「こりゃ。そなたがため息をつくことはあるまい」

軽くたしなめたつもりだったが、正辰は長諳に向きなおると、思い詰めた調子で言葉を返してきた。

「かような仕事ばかりではなく、一度は戦陣に立ちたいものにござります」

なんだと。

長諳は思わず自分の子を睨みつけた。

「そなた、戦陣がどのようなところか、知って申しておるのか」

「知らぬゆえ、出てみたいと申しております」

「やめておけ。初陣で死ぬ者は多いぞ」

やれやれと思う。

「とくにいまは、敵の姿を見る前に鉄砲玉に当たって儚（はかな）くなる者が多い。先陣を切って手柄をたてるなど、夢になってきておる」

長諳は言い聞かせた。

合戦で手柄をたてて出世するなど、割の悪い博奕（ばくち）と変わらない。華華しい手柄話ばかり聞かされているからそんな甘い夢を見るのだ。手柄話の裏にはその何倍もの悲惨な話がごろごろ転がっている。ただ、人はそんな話をしないだけだ。だから戦場が晴れ舞台のように感じられてしまう。

「それより右筆として筆耕料を稼ぐほうが、どれほど割がいいか、考えてみろ」

息子の無思慮をたしなめたつもりだった。しかし、

「父上はさようにおっしゃるが」

と正辰は屈しない。

「世の中は朱印状を乞いに来る者どもばかりではござらん。あまたの武者は、足軽にいたるまで戦陣をくぐっておりますれば、戦場に立ったこともないそれがしなどは軽く見られてしまいます。楠木と名乗れば千軍万馬の智将を思い浮かべる者ばかりなのに、その末裔が戦場に

立ったこともないのでは、話にもなりませぬ」

正辰は口惜しそうに言う。今度は長諳が憮然とする番だった。

「誰か、さように申す者がおるのか」

正辰は無言でうなずく。

「そうか……」

誰だ、とは訊かない。表だって侮られることはないが、長諳自身、そういった目は時折感じるのである。

「ま、世の中にはいろんな者がおる。気にするな」

長諳は言ったが、正辰は小さく首を横に振っている。長諳は重ねて、

「武士はなんであれ、あるじに仕えてお役に立つのが本分じゃ。右筆ならば筆で役に立つほかはあるまい。他人の目に惑わされるな」

と押しかぶせ、正辰が何か言い返そうとしたところで、

「それより浄書を急げ。ちと道草を食うてしもうた」

と話を打ち切った。

三

さらに数枚を書いたところで昼となった。これでは遅すぎる。暗くなる前に半分は終わらせておかねば、寝る間もなくなってしまう。

児小姓が持ってきた餅をほおばり、なおも文机に向かっていると、

「ごめん」と大きな声が響いた。

「楠木どの、ちと邪魔をいたす」

と言いながらずかずかと部屋に入ってきたのは、がっしりした身体

の大男である。大きな髷を結い、頬に二寸ほどの傷跡がある。赤ら顔の顎から喉にかけては強そうな髭が生えている。

「やれ、やっと捕まったわい」

すわれとも言わないのに、長諳の前に立て膝をしてすわり込んだ。

信長の馬廻り衆で、坂田半兵衛という若者である。

馬廻り衆といえどもこの妙覚寺へはやすやすと入れないはずだが、門番に顔見知りでもいたのだろうか。入ってしまえば、長諳の部屋を探し当てるのはわけもないことだ。

「わが書状、どうなっておるかな」

よく響く声である。

「どうもこうも。今はそれどころではないわい。上様の御用でな」

長諳はわざと唇をへの字にし、横目で睨みつけた。筆を離さず、いまはそれどころではないという姿勢を示した。

その一方で用心は怠らなかった。

なにしろこの半兵衛は身の丈は六尺近く、手首など長諳の倍ほどの太さである。大力の荒武者で、合戦となれば刃渡り三尺近い長巻を振りかざして敵陣に突っ込んでゆく命知らずでもある。味方といえど油断はならない。

「お忘れではあるまい。上様よりの所領安堵の朱印状、いつになり申すか。もう待ちくたびれてござるぞ」

半兵衛は迫ってくる。

美濃侍の半兵衛は、稲葉郡に所領がある。ところが一族の者と仲違いし、所領の一部がどちらのものか、争いとなったのである。

争いは信長の許に挙げられ、この夏に裁決が下りて、半兵衛が勝っていた。自分の所領と認められたわけだが、その朱印状はまだ下していない。長諳が手許に留めているのだ。

――筆耕料さえ持ってくれば、すぐに書くのに。

気の利かないやつだと思う。

これは意地悪でしているわけではない。筆耕料は、信長に訴えて所領を安堵してもらおうとすれば、当然かかる経費なのである。そこが戦場でのはたらきを賞する感状とはちがう。

この荒武者はそのあたりの細かい知恵ははたらかないようだ。いくら戦場で勇猛な武者であっても、世間を泳ぎ渡る知恵の足りない者に甘い顔はできない。

「そう急かすでない」

長諳は短く吐き捨てた。

「急かす？　遅れているものを催促するのは、急かすとは言わぬ」

部屋中にびんびんと響く大声だ。鼻息も荒い。やすやすと退散しそうにない。

「わかったわかった。とにかく今日明日は無理じゃ。そのほうも存じておろう、上様が昇殿されたのは。その関わりで忙しい。どうせ書き上げたとて、ご朱印が下りぬわい。一日二日を争うことではあるまい」

長諳は少し折れてなだめにかかった。だが半兵衛はしつこい。

「一日二日を争うことだわ。わしは上様のお下知があればいつでも飛び出してゆかねばならん身じゃ。いまより一刻のち戦場へ赴き、明日には首が胴を離れておるかもしれん。いますぐにほしいのじゃ」

と言って動かない。

「いまや海内（かいだい）は静かなものじゃ。すぐに合戦などあるまい。ゆったりと構えておれ」

と長諳が言うのは、事実である。

昨年まで、織田家は四囲がすべて敵という危機にあった。東は甲斐（かい）の武田が美濃と三河（みかわ）に迫り、北は越前（えちぜん）と加賀（かが）の一向一揆（いっこういっき）が暴れ、南は伊勢（いせ）長島の一向一揆、そして西には一向宗の本拠、大坂の石山本願寺（ほんがんじ）が中国の毛利（もうり）や紀州の雑賀（さいか）衆の手助けを受けて籠城していた。味方は三河の徳川家康だけで、まさに八方塞がりだったのである。

ところが信長はしぶとかった。昨秋に長島の一向一揆を攻め潰し、門徒衆を撫で切りにしたのを皮切りに、今年の夏に甲斐の武田を長篠合戦で大破し、秋には越前の一向一揆を滅ぼした。

石山本願寺はまだ抵抗しているが、一時は国を覆すかと思われたほどだった一向宗の勢いは衰えている。甲斐の武田も、信玄公以来の精強な武者を多く失い、本国に籠もったままになっている。

つまり東西南北の敵のうち、西の本願寺を残してみな討ち平らげてしまったのである。当面の危機は去っていた。だから信長は京でゆうゆうと公家たちに領地をふるまっていられるのだ。

「とにかく、いまは御用の邪魔じゃ。去れ」

まだ部屋を立ち去らない半兵衛に、長諳は厳しく言い放つと文机に向かった。若い者をつけあがらせてなるものかと思っていた。

「なんだと。遅れておるのをさらに待てと申すのか」

「もちろんじゃ。待ってもらう」

「なに？ おのれ、下手に出れば……」

半兵衛の声が荒れてきた。畳がみしりと鳴ったと思ったつぎの瞬間、長諳は衿首(えりくび)をつかまれ、畳に引き倒された。

「この、筆しか持たぬ腰抜けめが！ さっさと書状を出せ！」

あおむけにひっくり返された長諳の胸の上に大男がのしかかってきた。

「なんと、無礼な！ のけ！」

叫んで撥(は)ねのけようとしたが、大男はびくともしない。その手が長諳の首にかかった。容赦なく首を絞められ、たちまち息が詰まって頭に血が上り、目の前が赤く染まった。あまりの苦しさに手足をばたつかせたが、首にかかる力はゆるまない。

「うわあ父上！　なにをする、この痴(し)れ者が！」

正辰が飛んできて、長諳の上に乗っている半兵衛を突き飛ばしてくれた。首から指がはなれ、ようやく息をつくことができた。

「狼藉者(ろうぜきもの)じゃ、乱心者じゃ！」

と正辰が大声で騒いだので、声を聞きつけた児小姓たちも入ってくる。「おのれ、邪魔するな！」と半兵衛が児小姓を突き飛ばして暴れる。長諳の部屋は人だかりとわめき声でたちまち大騒動となった。

四

「まだ書き上がらんのか！」

御座所前の廊下に平伏した長諳に、信長の罵声が飛んだ。

「わざわざ窮屈な長袴に烏帽子なんどを着るのは、何のためと思うておる。京を抑えるためじゃろうが。うるさい公家どもを黙らせる薬を効かせようと思うたに、そなた、わがもくろみを台無しにするつもりか！」

半兵衛の乱入騒ぎがあったため、夜なべをしても知行宛行状を書き上げることはできなかった。そのため、これから参内しようとする信長に呼び出されて責められているのだ。信長は、自分で決めた日程を狂わせる者には容赦がない。

「恐れながら、あとひと息にござりますれば、なにとぞご堪忍を」

ここで、半兵衛という痴れ者が暴れたので遅れた、などと言い訳をすれば、怒りの火に油を注ぐことになるのは必定（ひつじょう）だった。長諳としてはただ頭を下げるしかなかった。

額を廊下に擦（こす）りつけんばかりに頭を下げていると、右筆筆頭の夕庵も、

「なにせ枚数が多うござりますれば、公家に配布するのも手間暇がかかりましょう。まずは書き上がった分だけを下しましょうぞ。そのあいだに残りの分も書き上がることと存じまする」

と取りなしてくれる。

「われら、公家どもをゆっくりと呼び出しては宛行状を下しまするゆえ、そのあいだにも書きあがりましょう。なあに、多少間延びしたところで、上様のご威光はいささかも衰えませぬ。むしろありがたみが増しましょうに」

と村井長門守も言い添えてくれたので、信長はようやく追及をゆるめ、

「必ず今日中にみな下せ。わかったな!」

と一喝(いっかつ)しただけで許してくれた。

「まことに面目(めんもく)ないことで」

御前から退出した長諳は、夕庵たちに頭を下げねばならなかった。

「なあに、われらも無理を申しておるのでな、お互いさまよ」

夕庵が慰めてくれる。その横で正辰は、他人を見るような目でじっと長諳を見ていた。

その日、参内した信長は、新たに造成した内裏の陣座（じんのざ）において右近衛大将に任ぜられ、御礼に砂金などを献上、天子さまより御土器（おかわらけ）にて御酒を頂戴した。信長、一世一代の晴れの儀式である。

一方、妙覚寺では長諳と正辰が昼すぎまでかかって知行宛行状を書き終えた。夕庵と村井長門守が、その知行宛行状をもって外出し、正親町中納言（おおぎまちちゅうなごん）の屋敷を借りて公家たちに下した。

なんとか晴れの日に間に合ったのである。

一連の行事が終わった翌日から、妙覚寺の信長のもとへ公家衆がぞくぞくと挨拶に来た。信長の右近衛大将就任を祝うとともに、新知行の御礼を述べるためである。宛行状を書き終えた長諳も、休む間もなく取り次ぎに忙殺されることになった。

波のように押し寄せる公家たちに閉口したのか、信長は二日ほどすると鷹狩りに出てしまった。

「やれやれ、やっと一段落か」

信長がいなくなった妙覚寺で、長諳は久しぶりに安らかな時間を楽しんだ。座敷で火鉢に手をかざしてのんびりしていると、

「ところで父上」

と正辰が深刻な顔で話しかけてくる。

「そろそろ坂田どのの安堵状、書いてはいかがですか」

「あん？」

「坂田どの、お忘れではありますまい」

「……あの無礼者か」

長諳は顔をしかめた。坂田半兵衛の顔を思い出すと同時に、喉を絞められたときの感触がもどってくる。

「もはや急ぎの仕事もなければ、書いて差し上げてもようございましょう」

長諳の気持ちを無視するかのように、正辰は言う。長諳は引っかかるものを感じて正辰を見た。

「……そなた、あの無礼者から何か言われたのか」

「はあ。いささか」

「なに？」

「いや、少々気になって、あの者のことを聞き合わせましてな」

公家への宛行状を書き終わったあと、半兵衛のうわさをあつめたという。若い者同士だけに共通の知人が何人かいて、人となりや合戦でのはたらきぶりを知ることができたらしい。

「いや、なかなか面白い男にござりまする。戦場ではずいぶんとはたらいているようで、とくに近江（おうみ）姉川（あねがわ）の戦いでは、押してくる浅井（あざい）の兵を相手に得意の長巻を振りまわし、兜首（かぶとくび）をふたつも挙げたとか」

正辰の目が輝いている。

長諳はあきれた。あの乱暴者を面白いだと。

「あれは大きないくさじゃったゆえ、兜首ふたつくらい珍しくもあるまい」

その口ぶりが腹立たしくて長諳はケチをつけたが、正辰はひるまない。

「それが、合戦の終い近くに崩れた敵勢を追って獲った首ではなくて、お味方が押されっぱなしだった朝方に挙げた首だそうで。追い首とちがって、ずんと値打ちがありまする」

「……」

「そのあと、小谷城を囲んで大嶽山へ攻め込んだときにも、上様の目の前であざやかに手柄をたてたとか」

はてそれはどうか、と長諳は思った。あのときはたしかに信長がみずから馬廻り衆をひきいて朝倉方の小さな陣所を攻めたのだが、人数が違いすぎてさほどの戦いにもならずに終わっているはずだ。

それに長諳とて半兵衛のうわさは聞いている。たしかに威勢はいいが、さほど評判のいい男ではない。それほどに目に立つ手柄をたてていれば、長諳の耳にも当然、入ってくるはずだ。

「ともあれ、目に立つほどの剛の者にござりまする。あの者なら少しくらい目をかけてやってもよろしゅうござりましょう」

「……で、そなた、あの者と話をしたのか」

正辰の買いかぶりの激しさを不思議に思って、長諳は訊いた。

「は、じつは昨日、話をいたしました。これがまた、さわやかな男にござって」

長諳は愕然とした。あの男がさわやかだと。

「親の首を絞めた男が、さほど気に入ったか」

「いや、あれは物のはずみでござろう。普段はあれほど無礼な男ではありませぬ」

正辰は半兵衛を立てるような言い方をする。どうやら惚れ込んでいるらしい。

――なんということだ……。

舌打ちしたい気分だった。豪放で磊落(らいらく)、口数が多くて話の面白い男に、若くて自分に自信のない正辰は惹きつけられたのだろう。正辰も長諳の血を引いたのか、小柄で力もない。力持ちの大男にあこがれる気持ちはわからないでもないが、よりによってあの乱暴者とは……。

「なにとぞ坂田どのの安堵状を、一日も早く書いてあげてくだされ」

「いらぬ心配は、せぬがよい」

長諳は突き放した。

「そんなことより右筆の仕事にはげめ、まだまだ一人前とは言えんぞ」

つい小言になってしまう。だが正辰は聞かぬふりで、

「あ、それと……」

と言葉を継いだ。

「なんじゃ、まだ何かあるのか」

長諳はしだいに不機嫌になりつつある。

「それで、そのう、それがしが合戦に出る件にござりますが」

「ああ？」

「それがしの初陣でござる」

「まだあきらめておらんのか」

「誰があきらめるなどと」

正辰は憤然とした顔になった。

「それがしも男なら、合戦を経ずしては侍としてお味方の面々に顔合わせがなりませぬ。なんとしても戦陣に立ちとうございます」

「……半兵衛に焚きつけられたか」

「い、いいいえ、それがしの考えにて」

――このお調子者が。

今度こそ長諳は舌打ちした。合戦の悲惨さも知らずに、何を言うのか。

思慮の浅い息子が哀れになる。行く末を思って深々とため息をついた。

五

鷹狩りからもどった翌日、信長は岐阜へ帰ると言い出した。

武田の大軍が東美濃へ向かったという急報がきたのである。

東美濃では信長の嫡男(ちゃくなん)、信忠(のぶただ)が武田方の岩村城をせめていたが、信忠だけの兵力では武田の本軍に対抗できない。信長自身が大軍をひいて立ち向かう必要があった。

信長の急行軍に、長諳と正辰も同行して岐阜へもどった。

岐阜城では出陣の支度に大騒ぎとなったが、騒いだ末に、武田勢が救援しようとしていた岩村城が落ち、目的をなくした武田勢が甲斐に引き返したとわかったため、出陣は取りやめになった。

陣触れの解かれた岐阜で、長諳も正辰もゆったりとした日々を過ごすことになった。

長諳は城に詰めて右筆の仕事にたずさわっていたが、ときに筆を置いては考えに沈んだ。

――さて、どうしたもんかな。

半兵衛を始末する方法である。

妙覚寺での騒ぎを内々で収めたのは、喧嘩両成敗（けんかりょうせいばい）となって自分にも禍（わざわい）が及ぶのを避けたかったからだが、自分の首を絞めた上に正辰にまで悪い影響を与えているのでは、ほうってはおけない。

織田家から追放してやろうかとも思ったが、まずは信長の許を退けるだけで十分だろうと判断した。自分の目の前をうろちょろしなければ、当面はいい。

　長諳は武井夕庵に話をした。

「なるほど、お困りのようす、わかり申した。あの坂田と申す者、無礼にもほどがある」

　夕庵は長諳が半兵衛に首を絞められたことも知っている。信長にも面と向かって諫言（かんげん）できる唯一の臣であるこの老人は、長諳の言葉にうなずいた。

「われらは日陰の身であれば、多少のことは我慢せねばと思うておりますが、わが身だけでなく、右筆のみなが侮（あなど）られることを懸念しております」

長諳は控えめに言う。

「なんの、遠慮することはあるまい」

夕庵は目を細めて長諳を見る。

「武者であれ右筆であれ、上様のお役に立つことは同様じゃ。辱めを受けて堪えねばならん理屈はないわ。御身の受けた仕打ちは、ひとりで耐えるべきものではなかろう」

槍をとる者と筆をとる者の対立はいまに始まったことではない。こういうことになると右筆同士、利害は一致する。

「さよう。いかに戦場で手柄をたてようと、われらに逆らうとどうなるか、目に物を見せてやらねばな」

夕庵は頼もしいことを言ってくれる。

「あの者を上様のお側から遠ざければよいのじゃな。なあに、わけもないこと」

にやりと笑って言う。そう、右筆には力がある。馬廻り衆の配置換えならわけもないことだ。右筆なりの落とし前の付け方である。

「ただし、上様のご裁許を仰がねばならぬゆえ、そなたと争いになったというだけでは弱いな」

「そこはおまかせあれ」

長諳には考えがあった。半兵衛のうわさを集めればいいのである。都合の悪い話が出てくればよし。出てこなければでっち上げるまでだ。

翌日、まず半兵衛の所領の近くに所領を持つ者や、陣中で半兵衛の寄親（よりおや）となる者を訪ね、半兵衛に何かあやしげな振る舞いがないかと聞き回った。

「いや、それは存じておらんが、何か？」と訊かれても、「なに、大したことではござらん。またいずれ」と誤魔化して立ち去った。なにか半兵衛が調べを受けているといううわさが立つだけでもしめたものだった。

さらに長諳は織田一族の者や柴田、丹羽（にわ）といった家老格の者に、坂田半兵衛の評判を聞いて回った。知っている者もおり、知らない者もいた。「その者がどうかしたのか」と訊かれた場合は、「ちと内密の調べがござって」とだけ答えた。

最後に半兵衛と領地争いをした親類の男から話を聞いた。

「よくぞ聞いてくだされた。あの者、とんでもない食わせ者じゃ。一族の恥じゃ」

と親類の男は期待通り半兵衛の悪口を聞かせてくれた。

「世の評判は豪傑で通っておるが、なあに、口がうまいだけのことでな、姉川で獲った首にしても、みな鉄砲で手負いとなった者の首を掻(か)いただけだわ。あのような者が上様の側にいては、いずれ手痛き落ち度に見舞われようぞ」

これまでに何かあやしげな振る舞いはなかったか、と長諳は訊いた。

「あやしげかどうかは知らぬが、ときどき遠国(おんごく)から文が来るようじゃな」

それだけ聞けば十分だった。

おそらくどこかの親戚とやりとりしているのか、堺や京あたりの武具商との通信なのだろうが、遠国といえば甲斐かもしれず、西の毛利かもしれない。となれば敵方に通じていることになる。

長諳は夕庵に、半兵衛は遠国と通じておるそうな、と伝えた。あとは夕庵がうまく取り仕切ってくれるはずだ。

そうしているうちに十一月も末となった。岩村城を攻め落とした信忠が岐阜に凱旋(がいせん)し、信長から織田家の家督を譲り受けるという大きな出来事があった。織田家の当主の座を降りた形となった信長は、茶道具だけを携えて岐阜城を出て、家臣の屋敷に移った。

それを機に、信長の馬廻り衆から信長の家臣たちの寄騎(よりき)へ配置換えされた者がいくらか出た。

坂田半兵衛もそのうちのひとりだった。

加賀で一揆勢と対峙し、苦戦している別喜右近大夫のもとへつけられ、数日後に北国へ旅立つことになった。加賀では織田勢が押され気味である。危ない戦場へ出されることになったのは、長諳の調べてきた、遠国の者と文をやりとりしているといううわさを、夕庵が信長に耳打ちしたからである。長諳が根回ししていたので、織田家重臣たちが反対することもなかった。

――ふん。右筆を侮ればこうなるのよ。

長諳は夕庵とともにひっそりと祝杯を挙げた。また正辰に右筆の力を示したことにもなったようで、正辰は合戦に出たいとは言わなくなった。これで跡取りも固まり、わが家も安泰だろうと安堵したが、ことはそう簡単には進まなかった。

「やい楠木長諳、出てこい！」

十二月に入ったばかりのある日の早朝、まだ朝餉の支度もできぬころから、長諳の屋敷門前で大きな声がした。

「よくも武田と密通などと讒言してくれたな。わかっておるぞ。わぬしの仕業だと！」

坂田半兵衛の声だった。

「なんじゃ、今ごろ」

起き抜けで顔も洗っていない長諳は、寝ぼけた声を出した。

「出てこい。尋常に勝負せい。どうした、臆して出て来られぬか！」

門前の声はますます盛んになる。

長諳は家人にようすを見に行かせた。

「甲冑を着て馬に乗った武者と、歩行立ち(かちだち)で槍をもった従者が三人、門前に立ちはだかっております」

家人が駆けもどってきて告げる。さらに、

「後ろには、荷を背負った下人(げにん)どもを従えております」

と言う。それで読めた。加賀へ出立(しゅったつ)する行きがけの駄賃に、長諳へひと言文句を言いに来たのだろう。

「門は閉まっているか」

「それはもう」

「ならば、よい。いずれ立ち去るじゃろ」

「それがしが話してきましょうか」

正辰が出ようとするが、長諳は留めた。

「ほうっておけ。相手になるな。つけあがるだけじゃ」

相手になって斬り合いとなればそれこそ喧嘩両成敗で、こちらもただではすまない。ここはやり過ごすに限ると思った。万一に備えて家人たちには弓に弦を張り、槍を手許に引きつけておくよう命じたが、屋敷の外に出るのは禁じた。

——まったく、血の気ばかり多くて知恵の足らぬやつめ。

武田に密通などという讒言が受け入れられていたら、今ごろは首が胴体から離れているに決まっているではないか。夕庵は、半兵衛の素行の悪さと、堂々と遠国と文をやりとりするうかつさを指摘しただけなのだ。

少しは考えろと言いたかったが、門の外の声はやまない。それどこ

ろか、

「出てこぬなら、こちらから仕掛けるぞ。城攻めじゃあ」

と物騒な話になっている。すわ攻め込んでくるかと、家人たちも色めき立った。

おりゃあ、とかけ声がしたと思うと、重い物同士がぶつかる音と、めりめりと木の板が割れる音がした。

――門を壊しおったか。

これは本気のようだ。思わず刀を引きつけた。家人どもも手槍を手に立ち上がった。

「君側の奸（かん）をのぞくは、わがためにあらず。お家のため、主君のためじゃ。槍も持てぬ口舌（こうぜつ）の徒のくせに、讒言して人を陥れることは一人前の楠木長諳！　言いたいことがあらばわが前に出でて言え。どこにおる。陰口でなければ大口はたたけぬか。いざ見参、見参！」

障子が震えるほどの大声でわめき、足音も荒く屋敷内に踏み入ってきた。

「ええい、寄せつけるな。追い払え」

家人たちに命じるが、互いに顔を見合わせるだけで、進んで立ち向かおうとする者はいない。

「どうした。追い払え！」

再度命じると、ようやく手槍をたずさえ、そろりと表へ向かった。

「なんじゃ。小者どもに用はない。怪我をせぬうちに槍を引け！」

家人たちの声は聞こえず、半兵衛の声ばかりが響く。わぬしら命が惜しくないのか、よき覚悟じゃ、そうりゃあああ、という半兵衛の声につづいて誰かの悲鳴が交錯し、荒い足音が入り乱れた。同時に壁に重い物がぶつかる音がして、屋敷全体が何度も地震のように揺れた。

「ま、参った」

という消え入りそうな声は家人のものだ。

「長諳は、どこじゃあ」

興奮した半兵衛の声に、長諳は顔をしかめた。

「父上、ここは利あらず。一旦、退かれませ」

と正辰に言われるまでもなく、長諳の腰は浮いている。

「よもや裏へは手を回しておりますまい」

ふたりして裏口へ急いだ。岐阜城下の侍屋敷は碁盤の目のように配置されており、長諳の屋敷の裏手は小路になっている。小路づたいに知り合いの屋敷へ逃げ込むつもりだった。

だが裏庭へ出たところで、足が止まった。庭の土塀の上に男が半身を乗り出しているではないか。その男から、うれしそうな声を浴びせられた。

「やあ、楠木長諳どのと見受け申す。それがし、坂田半兵衛が家人、坂田伝右衛門と中す者。主命により、その首もらいうける」

と言いつつ弓を持ちあげ、きりきりと引き絞るではないか。

あわてて室内に引き返し、杉戸を閉めた。直後にとん、と音がして戸が揺れた。

「長諳、きたなし。逃げるな。見参、見参！」

と表からは半兵衛の大声が迫る。

――これまでか。

覚悟したほうがよさそうだと思ったが、あまりに理不尽な話だけに覚悟できない。

「台所へ……。あきらめてはなりませぬ」

正辰は隠れるようようながすが、

「ええい、もう逃げ隠れはせぬ。堂々と迎えてやろうではないか」

と腹を決めた。

母屋の居間にすわり、文机を前に筆をもった。こうすると刀を手にするより落ち着くのだ。

正辰が抜き身の刀を手に入り口の横に潜(ひそ)んだのと、半兵衛が舞良戸(まいらど)

をあけたのとはほとんど同時だった。

「うはは、ここにおったか」

ちらと目を上げると、鎧(よろい)を着込んだ半兵衛が、赤黒く艶光(つやびか)りする樫(かし)の六尺棒を脇に搔(か)いこんで仁王立ちしていた。

「早朝より人の屋敷に押しかけ、家人どもに乱暴するとは、はなはだ迷惑」

静かに言ってやった。激昂して踏み込んでくれば、横から正辰がぶすりとやる算段だ。

「なあに、挨拶よ、挨拶。冥土へ行ってからでは遅いゆえな」

半兵衛は笑っている。

「狼藉も過ぎれば、ただではすまされんぞ」

「家中の者を討つほど物狂いしてはおらん。安心せい。そこの者も刀を下ろすがよいぞ」

見抜かれた正辰は、驚愕した表情を見せた。

「とはいえ、他人に罠を仕掛けられてだまっているわけにはいかん。ひと言申しに来た。よいか、わしは上様ひと筋にお仕えしておる。武田などに通じてはおらん。いますぐにも讒言を取り消せ」

「何を言うておるのかわからん。讒言などはしておらん。ただ、そなたの素行の悪さを告げただけじゃ」

「そなたに言われる覚えはない！」

言うなり、半兵衛は樫の棒を投げつけてきた。

「うっ」

重い棒を胸にうけた長諳は、衝撃に息が詰まって倒れた。

「筆で人の命をもてあそぶなら、それ相応の覚悟をしておけ」

起き上がれずにいるうちに、荒々しい足音が屋敷から出ていくのがわかった。

被害は甚大だったが、ようやく嵐が去ったらしい。ほっとしていると、門の外で水の流れる音が聞こえる。

「ふん、これで許してやるわい」

いままでとは調子の違うせいせいとした声で半兵衛が告げ、物騒な一団は去っていった。

あとで見てみると、塀に小便をかけた生々しい跡が四つついていた。

天正四年の正月が明けてすぐに信長は安土城の建築を開始し、長諳など近習たちは安土移転で忙しくなった。

そして梅が咲くころ、半兵衛が加賀で討死(うちじに)したと聞こえてきた。合戦でひとり突出したところを、一揆勢に囲まれて討ちとられたという。

長諳には特に感慨もない。そんなものかと思っただけだ。

だが正辰はちがうようだった。なにやら数日考え込んでいたかと思うと、長諳に話があると切り出してきた。

「やはり、戦場に立ちとうござりまする」

正辰は上目遣(づか)いに言う。

「またそんなことを」

長諳は露骨に顔をしかめてみせた。まだわからないのかと言いたかった。

「坂田半兵衛がどうなったか、聞いたであろう。戦場に行っても、危ないばかりでいいことはないぞ。それより右筆には力がある。このまま上様の右筆でいたほうが……」

「わかっております。それゆえ、お願いしております。戦場に立たせてくだされ」

「なに？」

正辰の言うことがわからない。首をかしげる長諳に、正辰はつづけた。

「戦場に立つと申しても、槍ばたらきで一生を送るのではございませぬ。ただ、戦場を経験しておかないことには、始まらぬと思いまして」

「始まらぬ？　何を始めるつもりじゃ」

「そこでござります」

正辰は顔をあげ、胸を張った。

「それがし、いずれは軍学者として名乗りを上げたいと思いまして、軍学者が実戦を知らぬでは通らぬゆえ、戦場に立ちたいと」

「軍学者？　軍師のことか」

「いえ、ちと違いまする」

正辰は言う。

「このまま行けば、上様はあと数年で天下を平均（ひらなら）しなされましょう。となれば合戦はなくなり、軍師も不要となり申す。軍学者は、軍師のように大将に戦略を授ける者ではなく、合戦を知らぬ若い武者たちに合戦のなんたるかを教える者にござります。それなら合戦がなくなっても、もとめられましょう」

長諳は思わず息子の顔を見詰めた。なんという先走ったことを考えているのか。

「軍学者なら、門に尿をかけられることはありますまい」

正辰は胸を張って言う。

それはどうかなと思ったが、口には出さなかった。長諳はただ首筋を搔いた。

ともあれ息子は息子で将来を真剣に考えていることはわかった。親としては喜ぶべきなのだろう。

しかし同時に、矢玉の飛んでこない安全な場所で利得を図ろうという功利的な臭いが、息子の話からぷんぷんと発散しているようで、なにやらしらけるのも事実だった。

——なるほどな。

世間が自分たちをどう見ているのか、あらためてわかった気がした。

「楠木流軍学。これは流行(はや)りましょう」

と元気いっぱいの息子を前に、長諳のしかめっ面はますます深くなるばかりだった。

桶狭間ふたたび

――武将　別喜右近（べっきうこん）

一

上弦の月が西の山に沈みかけているというのに、大聖寺城本丸の奥まった一室では明かりが煌々とともされたままだった。昼間はここまで鉄砲の音や喊声が聞こえてきたが、さすがにいまは虫の声が聞こえるだけだ。

板敷きの広間には、城主の別喜右近大夫と寄騎の島信重、高田権左衛門の三人が向かい合ってすわっていた。みな甲冑は脱いでいるが、鎧直垂に臑当てをつけ、髪はざんばらのままである。

「なんといっても兵数が足りぬ。一揆の奴ばら、斬っても斬っても湧き出てくるというのに、こちらは手負いが出ればそれまで。減った人数はどこからも補充できん」

若く大柄な島信重が言えば、

「人を斬るより、むしろ槍や鉄砲をとりあげたほうがよろしゅうござる。一揆どもにはそのほうが痛手でござれば」

と高田権左衛門が三白眼を左右に走らせながら応じた。高田はこの中では一番年配で、ざんばら髪に白いものが混じっている。

島は美濃出身で、織田信長の馬廻りをつとめてきた。高田も信長の馬廻りで、以前からおもに越前や加賀の切り崩し工作を担当していた。

いまはふたりともこの加賀にあって、信長から加賀一国をまかされた右近の寄騎として在城している。

城主の右近は上座にある。小太りの身体にふさふさとした髭をはやした丸顔が載っている。寝不足の赤い目をときどき揉みながら、不機嫌そうに寄騎たちの発言を聞いていた。

「やはり長びいたのがしくじりかのう。一気に押し込めてしまえば……。いや、これが一揆どもの手だてかな」

島信重が腕組みをしてつぶやく。話は堂々巡りし、結局は愚痴のこぼし合いに収斂しつつあった。

右近はごほんと咳払いをした。

「話をもとにもどしゃあせ。天神山をどうするのじゃ」

「それは……。救い出すしかござらんが……」

島が小声で言う。

天神山とはこの大聖寺城の北東、大聖寺川を渡ったところにある低い丘である。右近はここに砦を築き、寄騎の徳山庄左衛門と兵千ほどを入れて一揆勢に当たらせていた。対して一揆勢は夏場からじわじわと兵を増やし、とうとう天神山の砦を包囲してしまったのである。

「後詰めというても、手負いも多数出ておりますれば、なかなか」

高田は一向一揆との戦歴が豊富なのが自慢だったが、今度ばかりは島ともども思案が尽き果てたといった按配だった。

「斬っても斬っても湧き出てくるなら、出なくなるまで斬るまでよ」

右近の言葉に、島信重は苦い顔をした。

「しかし、天神山のまわりはもう柵ができておりまする。いまから突っかけると柵の内からねらい撃ちされまするぞ」

「なんの。一揆の奴ばらにそんなに鉄砲があるものか」

「いや、こちらも鉄砲はさほど使えん。煙硝（えんしょう）も弾ももはや残り少のうて」

「煙硝の尽きた鉄砲放（はな）ちには槍を持たせい。われらの槍は一揆ばらの竹槍とはちがうわい」

右近の強気にあてられたのか、ふたりはしばらく口を閉じた。しかし腕組みをし、ため息をつき、納得していないようすをありありと示している。

「やはりこの人数で加賀一国を押さえるのは、至難と思うておりましたが」

高田はちらと島を見た。目配せを受けた島信重がおずおずと言い出した。

「さよう。ここは上様に加勢を願い出たほうが……」

示し合わせていたような口ぶりだった。

「ならん！」

右近は即座に首をふった。

「加勢をお願いするのはな、こちらの首が胴からはなれたときよ。さような覚悟でのうて、なんで一国が宰領（さいりょう）できるものか」

その勢いに反するように、ふたりの寄騎は声を大にした。

「そこまで考えずともようござる。小勢にて大敵に当たりがたいのは当たり前のこと。加勢を頼むはなんの恥でもござらん」

「さよう。上様もやむを得ぬと思うにちがいなし。上様で具合が悪ければ、越前の柴田殿へでもよろしかろう」

と口々に言う。右近は髭をしごきながらふたりを交互に睨みつけた。

——恥でなくても、上様の覚えが悪くなるわい。

こやつは出来ぬやつと上様に思われたら、あとの出世にひびく。わが出世を邪魔するなと怒鳴りつけたいところだった。

しかし寄騎は自分の家来ではなく上様の家来だから、無礼なことはできない。

しかも高田などは寄騎ではなくて、目付（めつけ）のつもりでいるようだ。上様に告げ口をするかもしれないから油断ならない。右近は唇をかんで我慢した。

「とにかくまずはひと当てして、天神山へ兵糧(ひょうろう)を入れる」

右近はきっぱりと断を下した。大将は自分だと言いたかった。

「明日はわしも出陣する。一揆ばらなど蹴散らしてくれる」

そう言って軍勢の配置を決め、軍議をおわらせた。

二

――やはり目が覚めてしまったか。

一番鶏(どり)が鳴いた。外はまだ暗い。

軍議を終えてから床に入ったが、一刻(いっとき)（二時間）も寝たのだろうか。

近ごろはいつもこうだ。

やらねばならぬことが気にかかって、安心して眠れない。いや、寝つきはいいのだが、眠りが浅くてすぐに目覚めてしまうのだ。

右近はあきらめて目を開いた。夏のこととて掻巻（かいまき）もかけず、床に畳一枚をのべてその上に横になっている。暗闇（くらやみ）の中にいるそんな自分が、じつに頼りなく思える。

起きれば、今日は一揆勢相手に出陣しなければならない。昨夜は強気なところを見せたが、身体（からだ）は正直だ。起きあがる気がしない。

一国を切り取るとは、なんと大変なことだろうか。

身も心もすり減らす、無間（むげん）地獄のようなものだと思えてくる。

加賀のこの城に入ったのが去年の秋だから、まだ一年足らずだ。

まず隣国越前の一向一揆勢を成敗（せいばい）した。

四年前に上様が越前の朝倉家を倒して、越前は織田家の分国になったはずだった。しかし一国の押さえを命じられた前波長俊という者がうまく越前の国衆を統御できず、朝倉旧臣のひとり、富田長繁に倒されてしまった。同時に、前波につけられていた織田家の目付衆も国を追われた。

その富田長繁も、しばらくあとに味方だったはずの一向一揆に討ち取られてしまった。

結果、越前は一向一揆が支配する国となっていたのである。

前波が討たれたとき織田勢は即座に動くべきだったが、動けなかった。東の武田家の動きが活発で、越前などかまっていられなかったのだ。

その後、長島の一向一揆を攻め平らげ、武田家も長篠の合戦で打ち破って動けなくしてから、信長はふたたび越前平定に腰を上げた。
天正三年（一五七五）八月、敦賀や飛驒筋から侵入した織田勢五万の大軍は、越前の一揆勢を打ち破り、十日足らずで一国を平定してしまった。

そのあともしばらくは山奥に逃げ込んだ者どもまで探し出して斬り捨て、一揆を根絶やしにすることに専念した。そして一段落したあと、余勢を駆って加賀に侵攻したのである。

加賀でも織田勢の強さは圧倒的で、合戦らしい合戦もないまま大聖寺、御幸塚、鵜川などの城を落とし、江沼、能美の南二郡を制圧した。

信長が手を下したのはここまでで、あとは自分の兵で加賀一国を平定するよう命じられて、右近がこの城に残されたのだ。

所領の小さい右近の手勢だけでは一国を平定するには足りないので、信長は自分の馬廻りから島や高田などを寄騎としてつけてくれた。

国持ち大名になれると張り切った右近だったが、加賀はほかの国とは事情がちがった。なにしろ八十年ほど前から大名を追い出し、「百姓持ち」となっていた国である。

そんな国の一向一揆が、よそ者に簡単に従うはずがない。

総大将の織田信長本人が越前から引き揚げ、近くに大軍勢がいなくなるや、たちまち息を吹き返し、人数を駆りもよおして右近のいる大聖寺城に迫ってきた。

迫る一揆勢を天神山で迎え撃った右近は、大勝して多くの首を得、一時は一揆勢を北へと押し返した。それでも一揆勢の勢いは衰えず、この春にもまた軍勢をあつめ、大聖寺城を攻めてきた。

　このときは一揆勢の中で内輪(うちわ)もめがあり、右近はさほど労せずに富樫(とがし)六郎左衛門(ろくろうざえもん)や舟田又吉、小黒源太(おぐろげんた)といった一揆の首魁(しゅかい)を討ち取り、撃退することができた。

　二度の戦勝でひと息つけると思っていたが、一揆勢はなおも攻勢をやめない。能登(のと)からも一向宗徒の援軍を呼び、昨秋に織田勢が奪いとった小松や御幸塚といった城を攻めてきた。右近は迎え撃ったものの多勢に無勢で支えきれず、御幸塚など能美郡の城を捨てて、江沼郡の防衛に専念しなければならなくなっていた。

　一揆勢を相手に楽勝できると思っていたわけではない。だがここまで苦戦するとも思っていなかった。

苦戦の原因はわかっている。この合戦は、なんともつかみどころがないのだ。

大名同士の合戦であれば侍（さむらい）を討ち取れば足軽たちは逃げ散ってしまう。しかし一揆勢はそうではない。頭（かしら）らしい者をいくら鉄砲で撃ち倒そうが弓で射ようが、倒れた者を乗り越えてあとからあとから人が押し寄せてくる。こうすれば勝てる、という目途（めど）が見えないのだ。

そこまで考えると頭の中がざわざわとして、胸が苦しくなってくる。汗もどっと出てきた。

――自分は本当に国持ち大名の器（うつわ）なのだろうか。

大名どころか、人の上に立つ器量などないのではないのか。だからこんなに苦しんでいるのでは……。

こんな考えがしきりに頭をかすめる。

いや、弱気なことを考えてはならない。

こうしている間にも、羽柴筑前守や惟任日向守などは着実に与えられた任務を果たしているだろう。自分だけが足踏みをしていては、どんどん差をつけられてしまう。羽柴などは土民の出だというではないか。そんな者に負けてなるものか。

上洛した信長が自分の昇官を遠慮し、かわりに家来たちの任官と賜姓を内裏に奏したのは、ちょうど一年ほど前、越前に侵攻する直前のことだった。そのときに任官の栄誉に浴したのは羽柴秀吉や明智光秀など十人足らずだが、みな織田家の将来を背負って立つと期待される者たちばかりだった。

右近もその中に入っていた。別喜という姓を賜り、右近大夫という官位までもらって、簗田広正という親にもらった名前から、別喜右近大夫に改名したのである。

当時ははたらきを認められた幸せと、これからの明るい将来に打ち震えたものだ。だが喜んでばかりもいられなかった。それは同時に、選び抜かれた者たちによる厳しい出世争いの始まりでもあったからだ。

右近は軽く息を吐き、寝返りを打った。

それにしても加賀とは……。本当に遠くまで来たものだ。

尾張の片田舎で生まれたこの身が、加賀で国持ち大名になろうとは。十年前なら夢にも思わなかっただろう。

そう。十年前はまだ尾張にいて、上様の近習として使い走りをしていた。親爺も生きていて……。

目を閉じた。子供のころに走り回った生まれ故郷、九坪（くのつぼ）の光景がありありと目蓋（まぶた）の裏に浮かんでくる。冬も明るい九坪にくらべれば、雪に閉ざされるここ加賀の冬はなんと陰鬱（いんうつ）なのだろう。

あれこれ考えているうちに城内に足音が響きはじめた。そろそろ起きなくてはならない。

――やれやれ。

また大将としての役割を演じる一日がはじまるのだ。右近は重い身体を畳から引きはがすようにして起床した。

大聖寺城は越前との国境からほんの一里（り）ほど入ったところにある。

平野の中にぽつんと置かれたような丘に築かれた城である。北側に小川が流れて天然の濠（ほり）となっており、さらに丘の周囲に空堀と、その土を掻き揚げた土塁（どるい）がめぐらされている。

昔、ここには大聖寺という寺があり、門前町ができるほど繁盛していたという。城としてもずいぶん前から使われていたらしい。丘の上には本丸から三の丸まであり、麓（ふもと）には兵たちの寝小屋がならんでいる。

夜が明けるや、右近は兵二千を引き連れて出陣した。

先鋒は島信重、中段に右近が本隊をひきい、殿軍（しんがり）は高田権左衛門である。

途中、大聖寺川を渡るのに意外と手間取って、右近はいらいらした。

一揆勢の先遣隊がそこまでやってきていたので、まず一隊を渡して鉄砲で追い散らさねばならなかったのだ。

その間にもつぎつぎと物見の報告がはいってくる。一揆勢はこちらの進撃に気づいて、城の囲みに小勢を残しただけで、二千ほどの人数が三段に構えて向かってくるという。

「小癪な、われらに刃向かうか」

近習たちに強気なところを見せ、全軍に急いで川を渡るよう下知した。

渡り終えたあとは、少しでも有利な地勢を占めなくてはならない。全軍を駆けさせた。途中、馬上から近習を呼び、

「島に申せ。右翼に開けとな。高田は左翼じゃ。つけいられぬよう、油断なくうつれ」

と伝令を飛ばした。自分の手勢を中心にして鶴翼の陣を敷き、一揆勢を押し包んで討ち取ろうというのだ。

河原を右手に見る形で軍勢を展開した。大雨の際には水があふれるため、原野となっているところだ。何千という軍勢同士がぶつかるにはもってこいの地形だった。

そこに一揆勢が姿をあらわした。

大きな旗、きらびやかな軍装を誇るのではなく、南無阿弥陀仏と墨書した蓆旗を押したててゆっくりとやってくる。槍一筋を持つだけで兜もなく、具足は胴丸ばかりの者が多いが、一揆勢とはいえ地侍たちも混じっているから、弓や鉄砲も備えている。戦力はあなどれない。

「あせるな。よく引きつけてから撃て」

右近は鉄砲放ちたちを前面に押し出した。楯をならべ、その隙間から膝撃ちの姿勢で号令を待たせる。その後方には弓足軽、槍足軽、侍の順にひかえさせた。

一揆勢は太鼓を打ち鳴らしつつ、じりじりと寄せてくる。

「まだまだ」

こちらは陣を敷いたまま沈黙している。原野いっぱいにひろがった一揆勢の先頭を歩む者たちの顔が、はっきりと見えるようになってきた。

右近はまだ下知(げち)をくださない。

両軍の間合いが一町(ちょう)(約一〇九メートル)を切ったとき、一揆勢の太鼓が急調子に変化した。つづいて法螺貝(ほらがい)が鳴り渡る。はらわたを震わせる貝の音に押されるように、一揆勢が雄叫びをあげて突っ込んできた。

「いまじゃ、はなて！」

右近は采配をふった。

小頭どもが配下の鉄砲放ちたちに号令をかける。楯のあいだからひとつ、ふたつと白煙があがり、ついで一斉に放たれた鉄砲の轟音が耳朶を強く打った。

一揆勢の先頭を走っていた者が、ばたばたと倒れた。もう一度、轟音が鳴り渡る。つづいて矢羽根がうなり、無数の白い筋が一揆勢へ伸びてゆく。

悲鳴と怒号の中に倒れる者が続出し、一揆勢の前進が止まった。倒れた者を助け起こし、後ろへさがる者もいる。あとにつづく者たちが立ちすくんでいるのが見える。一揆勢からも鉄砲が鳴り、矢が飛んでくるが、その数は少ない。

「ええい、はなて、はなて」

右近は采配をふりつづける。また鉄砲が咆哮し、矢が降りそそぐ。さんざんに矢玉を浴びせたあと、太鼓を急調子に打たせ、貝を吹かせた。貝に応じて、槍足軽が楯を蹴倒して走り出す。鉄砲にひるんだ一揆勢は、槍足軽の集団に押されて一町ほど後退したが、そこで踏みとどまり、揉み合いになった。

さらに左近は侍たちを繰り出した。供の足軽をつれて、手槍をかかえた侍の集団が突っ込んでゆく。踏みとどまりかけた一揆勢は新手が加わったことでまた後退する。なおも押し太鼓を打たせて攻め立てると、とうとう一揆勢は背を向けて我がちに潰走をはじめた。

「追え。追え。逃すな」

右近も近習たちを連れて追いかける。島信重は右翼から回り込み、一揆勢の先に出ようとしていた。一揆勢はますます混乱し、討たれた者を置き去りにして逃げる。

「首をとるのはあとにせい。まずは追え」

突き倒した敵にのしかかり首を掻こうとしている侍に命じつつ、右近は馬を走らせた。

一揆勢が逃げてゆく先に大きな旗が立っている。大将旗だ。その周囲には柵が巡らされ、要害になっている。

逃げ込む一揆勢に乗じて、島信重の隊が柵の門から中につけいった。つづいて右近の本隊も門にとりつき、門を閉めようとする一揆勢と乱戦になった。

「ここが節所ぞ。門を閉じさすな！」

右近は戦場に響く大声で命じ、近習たちまで柵へ突っ込ませた。

門の周囲で敵味方入り乱れての揉み合いになった。

刃渡り五尺もある大太刀を振りまわす巨漢の武者が、一揆衆の槍を斬り折る。その横では別の一揆衆の槍に胴丸を貫かれた武者が空をつかんで絶命した。その一揆衆も長巻で顔面を革笠ごと斬り割られ、朱に染まって倒れた。

槍を失った武者同士が組み討ちとなり、上になった者が組み敷いた敵の首筋に鎧通しを突き刺す。

一揆勢はいくら討たれようが退(ひ)かず、門から入れまいとする。敵味方が入り乱れる中では鉄砲も使えない。

乱戦の中でも右近は冷静だった。あたりを見渡し、敵の隙をさがした。

「そなたは一手をひきいて裏へまわれ。鉄砲を撃ち放ち、火をかけい」

手の者に下知し、敵勢に悟られぬよう迂回させた。さらに合図の狼煙(のろし)をあげさせた。

一進一退の門の攻防に変化が出たのは、本陣の裏手から火の手があがった直後だった。

「敵がまわったぞ」

「退き口がふさがったぞ」

そんな声が上がるや、一揆勢は逃げ腰になり、門を捨てて散りはじめた。

そこへ狼煙に応じて、天神山砦からも兵が討って出てきた。

「それ、この隙に兵糧を入れよ」

一揆勢がいなくなったのを見計らって、足軽や輸卒たちが天神山砦に兵糧を運び込む。

しかし一揆勢もこれを見過ごしにはしなかった。すぐに態勢を立て直し、じわじわと攻め寄ってきた。一度立ち直ると、人数で勝るだけにしつこい。

右近の手勢は押されはじめた。

こちらの少ない戦力では、これ以上は無理のようだ。

「退け。退け」

用意の兵糧を入れ終わったのを見定めて、右近は兵をまとめ、大聖寺城へもどった。

三

「安土（あづち）のお城には、これまでに見たこともない建物ができております。天主（てんしゅ）と申すそうな」

使いに出していた五平がもどってきて、右近にそう告げた。

「なんと五階建てでござりまするぞ。高さは京の東寺（とうじ）の五重塔もしのぐとか。そこに上様が住んでおられまするる」

熱心にしゃべる五平の姿は、髪と髭が白く目尻に皺もできて、還暦が近い老人そのものだ。

右近は脇息にもたれ、五平の背後の庭を見ながら聞いていた。

五平は譜代の家人で、右近が生まれる前から家に仕えていたほどだから、気心は知れている。信長に命じられて指揮下に入っているだけの寄騎たちとはちがい、楽な気持ちで接していられる。

五平も若いころは槍を持って右近の父、出羽守に従って出陣もしたが、十数年前に合戦で左腕を失ってから、もっぱら家の中の仕事をするようになっている。いまや右近の家の奥向きは、五平がいないと回っていかない。

「奥は息災か」

右近の短い問いに、五平は答える。

「はあ。つつがのうわたらせられます。若殿さまもお元気で。ただ、まだお屋敷の普請も半ばでござって、不便をかこっておられます」

女房子供は、それまで屋敷のあった岐阜から安土へ越したばかりなのである。あるじのいない中での引っ越しは、なにかと大変だっただろうと思うが、こちらはそれ以上に大変なのだから同情する気にもなれない。

「いまはなにかと物いりでござるによって、こちらの金子、いくらか安土に持ち込みとうござりまするが」

髭をひねりながら、右近はじろりと五平をにらんだ。

「足らぬなら足らぬでよい。まさか飢えはせんじゃろう。こちらも物いりじゃ。決めた額以上はまかりならん」

信長から加賀平定を命じられて、右近の所領は加賀一国となっていたが、現実に支配しているのはこの大聖寺城がある江沼郡だけだった。しかも合戦がたびたび起こるので年貢を取り上げるのも容易ではない。それなのに旧領の尾張沓掛（くつかけ）などは加賀一国のかわりに取り上げられてしまっていたから、右近の収入はじつに乏（とぼ）しくなっている。銭の話はしたくない気分だった。

「ほかの者のうわさなど、聞かせい」

「はあ、それもいろいろと」

織田家の武将たちの動向も気になった。自分が苦戦して成果を上げられないでいるうちに、ほかの者に華々しい活躍をされては困る。

五平の話では、右近とともに姓と官途を賜った惟任日向守、つまり明智光秀は、右近とおなじようにまだ半分も支配していなかった丹波丹後の攻略を命じられ、苦労しているらしい。そして同時に筑前守の官途を賜った羽柴秀吉は、石山本願寺攻めなどに駆り出されている。

「どちらの御家中も、なかなか内実は大変なようで」

五平はいうが、羽柴秀吉は長浜城主として押しも押されもせぬ地位にあるし、明智光秀も近江坂本に城を持っていた。地盤は安定しているのである。そして信長の目につくところで活躍している。

予想していたとはいえ、おもしろくなかった。差をつけられるのではないかと不安にもなる。

右近の賜った別喜という姓は、九州の名族のものである。

いずれ織田家が九州を攻略する際に役に立つだろうとの思惑（おもわく）が込められている。

将来は九州何カ国かの太守にしてやろうとの含みのある処置なのだが、それもはたらき次第だろう。明智光秀の惟任もおなじく九州の名族であり、羽柴の官途、筑前守もやはり九州攻めを意識したものだ。

自分だけ、ここでつまずいてはいられない。

「こちらの戦況は、さほど変わらぬようにお見受けいたしまするが」

五平が心配そうな顔を向ける。

「なんの。悪くはないぞ」

右近は首を振ったが、かなり強がりが入っている。

天神山砦は、以前とおなじように一揆勢に包囲されていた。いまやこの大聖寺城との連絡もままならなくなり、またしても危機に陥っている。そして天神山砦が落ちればこの大聖寺城もあぶなくなる。

だが大将がそんな弱気なことを言うわけにはいかない。

「一揆の奴ばら、先月一度痛い目にあわせてやったが、まだ懲りぬと見える。なに、また成敗してやるわい」

成敗できるあてなどないのだが、そう言わざるを得ない。

「さようでござりまするか」

五平は満足そうにうなずいた。

「それでこそ簗田の家の総領にござります。爺も安心いたしました」

屈託のない五平の笑顔を見て、右近は逆に言いようのない心細さを感じた。大将として虚勢を張らねばならぬ右近は、ここでは誰も頼りにできないのだ。

早くここから抜け出したいとの思いがいっそう強くなった。

――やはり、やらねばならんか。

この状況を打ち破るには、あの手だてしかない。

四

「いま肝心なのは兵を討ついくさではない」

右近は言った。寄騎たちをあつめての軍議の席である。

「一揆勢の兵などはいくら討っても湧いて出てくる。砦も、とってもとりかえされるだけじゃ。いくらやっても賽の河原の石積みよ」

本丸常御殿(つねごてん)の広間で、右近の話を聞いているのは島信重と一正(かずまさ)の兄弟、高田権左衛門の三人である。一揆勢に包囲され、陥落の危機に瀕(ひん)している天神山砦をいかに救うか。それを延々と話しつづけていた。

「この加賀が賽の河原とは、それがしも同じ思いでござるな」

高田が言う。

「それゆえ、ご加勢を頼むのが……」

「またそれを言う。加勢は頼まぬと申したはずじゃ」

「では、石積みのほかに手があると」

「おうよ」

右近は鷹揚にうなずいた。意外だったのか、高田がまなじりをぴくりと動かした。

「ほう、それはなんと」

「敵の大将を討つ」

右近の言葉に、部屋はしんとした。

「いまのわれらは多勢に無勢じゃ。ひと息に勝つにはそれしかあるまい」

しばし間があった。腕組みをした島信重と高田が目を交わしあった。

「大将を討つなど、無謀でござる」

高田が首を振る。

「無謀でもなんでも、やらねばこちらが加賀から追い出されるわ。天神山が落ちればこの城も保たぬ」

右近が言うと、高田が膝を乗りだしてきた。

「無謀と申すは、われらには手だてが見えぬゆえでござる。大将をもとめてやみくもに一揆勢の中へ突っ込むような真似は案の外(ほか)としても、いかにして大将を見つけ、討ち止めるのでござるか。とてもできることとは思えぬので。そこによき手だてがあるとおおせならば、存念をうかがいたい」

「手だてか。やすいことよ。それはな」

右近はひと息おいて三人を見回したのち、言った。

「桶狭間(おけはざま)よ」

これを聞いた高田は一瞬、きょとんとした顔をしたが、すぐに眉をしかめ、唇を引き結んだ。島兄弟は顔を見合わせた。

「戯(ざ)れ言(ごと)はおやめなされ。なにが桶狭間でござるか。ここは尾張ではござらん」

「そんなことはわかっておる」

「そもそも桶狭間のようなきわどい手だては、上様ゆえに成功したこと……、あっ」

高田はなにかに思い当たったように言葉を切った。そのようすを見た島信重もはっとして、「おお」と声を出した。

「ふん。思い出したか」

「いや……、しかし……」

三人ともとまどいを隠さない。髭をしごきつつ右近は言った。

「桶狭間のことはな、わしが一番よく知っておる。上様よりもな。なにしろ桶狭間の一番手柄は、わしと父上じゃ。そのわしが考えた手だてじゃ。悪かろうはずはないぞ」

実際、今川義元が桶狭間にいると信長に通報した右近と父は、合戦のあと、褒賞として沓掛（くつかけ）の地に三千貫（がん）の所領を加増されたのである。

三人はなおも沈黙していたが、やがて高田が顔を上げて、

「桶狭間のいくさをふたたびやるとしても、くわしく手だてをうかがいとうござる」

と言い出した。

「なに、物見（ものみ）をはなつ。敵の大将の居場所をさぐる。見つけたらその本陣を全軍で襲う。それだけじゃ」

「それは手だてとは申せぬ」

「桶狭間で上様はそれ以上のことはなさらなんだ。こういういくさは

細々とした細工は無用。その場その場で機転を利かせて切り抜けてゆくことこそ肝要じゃ。そうではないか」

高田は渋面を作ってだまってしまった。

「天神山砦は桶狭間における丸根、鷲津の砦とおなじじゃ。あれを落とそうとして大将が出てくる。そこを討つ」

話しているうちに、右近はいかにもたやすく敵将を討てるような気になってきた。

そう。天神山砦はこのための囮なのだ。

いままで一揆勢にはずいぶんと苦しめられたが、これで一気に逆転だ。

「敵将の動きがつかめ次第、討って出る。明日以降、いつでも出陣できるよう、ぬかりなく支度しておけ」

そう言って不満顔の三人をにらみつけ、軍議を終えた。

といっても、兵数は急に増やせない。手だても、綿密に練ることはできない。相談する相手もいない。できることと言えば、あのときの上様を真似ることしかない。

まず地形を調べた。自分の頭の中に地図ができるまで、手兵をつれて馬であちこち走り回った。兵たちをできるだけ多く動員できるよう、小競(こぜ)り合いは避けて休ませた。

右近の頭に、段々と手だてができあがっていった。

天神山砦の北西に南無阿弥陀仏の大旗が見えると、物見の者が報告してきた。

さらに物見をふやして調べると、どうやら一揆の大将ではないが、国衆でもっとも力があり、戦いの経験も多い若林長門がいるらしいとわかった。

一揆勢の大将というと、大坂の本願寺から派遣されてきた下間和泉守、下間筑後守という坊官たちになるだろう。その下で若林長門、三宅権之丞などの国衆たちが、百姓たちを扇動しているのだ。

大将ではないが、それでも若林長門を討てば一揆勢の士気は衰え、百姓主体の一揆勢は気の利いた攻め方もできなくなるはずだ。

——こやつで我慢するか。

多少不満はあったが、そろそろ何か手を打たないと、包囲されている天神山砦が落ちてしまう。いま早急に動く必要があるのはこちらのほうなのだ。

決断すると、右近は出陣の支度にかかった。

近くの神社の神主を呼び出し、白鷺（しらさぎ）を捕まえてくるように命じた。

「白鷺……でござるか」

鷺どころか鳩のように目を丸くした神主に、右近は「構えて他に漏らすな」と念を押してから、「実はな」と明朝やろうとしていることを打ち明けた。

「……さようなことでお役に立ちますするかな」

神主はいぶかしげに首をかしげる。疑っているのか面倒なのか、とても嫌そうに見える。

「やらぬというなら、神社を焼き払ってくれるわ」

時間がないのである。いらいらした右近はぐずる神主を脅しつけた。

「滅相もないことで。もちろん御意のままに」

神主はおどろき、平伏する。これでよし。さてあとは……。髭をしごきつつ考えた。

「五平！」

老僕を呼びつけると、

「明日は出陣じゃ。勝栗と昆布を用意しておけ。ああ、それと甲冑をひとつ余分にな」

と命じ、やるべきことを説明した。

「は。みなの者にも伝えておきまする」

「いや、それは無用とせよ。すでにいつでも出陣できるようにと命じてある。これ以上ひろめては敵方に漏れるおそれがあるでな」

上様も桶狭間のとき、直前まで出陣の企ては秘めておられたと教えてやると、五平は頭を下げた。

これであとは朝を待つだけだ。


翌日まだ夜も明けぬ寅(とら)の刻(こく)(午前四時)に右近は飛び起きた。

「貝を吹けえ。馬を引け。具足(ぐそく)をもて!」

あたりに怒鳴り散らしつつ、常御殿の広間へはいった。がらんとして誰もいない。明かりさえついていない。近習たちがあわてて駆けつけてくるだろうと思ってしばらく待ったが、しんとしたままだ。

「どうした。遅いぞ。貝を吹け！」

むっとして再度怒鳴ると、近習たちがあたふたと広間にはいってきた。

「出陣でござりまするか。ずいぶんと急なことで」

と寝ぼけ眼（まなこ）で言う。

「たわけ！　いつでも支度しておけと申したじゃろうが」

「はあ……」

「具足じゃ。それに湯漬けももて」

五平だけは甲斐甲斐しく立ち回り、勝栗に昆布、それに打ち鮑（あわび）の縁起物を膳にのせてもってくる。

「湯漬け！　湯漬けはまだか」

仁王立ちして大声でせかすと、あわてた近習が大ぶりの椀になみなみと入れてもってきた。立ったままこれをかき込んだ右近は、すぐに顔をしかめた。

——冷たい。水漬けではないか。

湯を沸かすのが間に合わなかったらしい。

そのあいだにようやく目覚めた近習たちが具足をもってくる。法螺貝もようやく響き渡り、城内の者に出陣を告げた。

「いや、ここで敦盛じゃ」

鎧直垂を着て臑当てと籠手をつけたところで、胴丸をつけようとする近習を制して右近は扇を持った。

「誰か鼓を。誰か」

命じても誰も動かない。城内に鼓などはないのだ。

そこまでは考えていなかった。ぬかったなと思ったが、仕方がない。

「人間五十年、下天（げてん）のうちをくらぶれば……」

と鼓もなく自ら吟じながら、東に向かって舞った。

近習たちはぽかんとして右近を見ている。なにをしようとしているのか理解できていないのだ。桶狭間へ出陣する前に上様が舞ったのを知らないのかと、右近は少々いらついた。

三度舞ってから胴丸をつけ、兜をかぶる。

「馬に鞍（くら）はおいたな」

「はあ……。おそらく」

頼りない近習に怒りを覚えながら、右近は庭へ出た。幸い、馬はすぐにひかれてきた。

「それ、出陣じゃあ」

馬にまたがると、右近は勇んで門を出た。目指すは近所の神社である。振り返ると近習たち五、六騎がうしろについてくる。それぞれ足軽を数人ひきつれている。

――いいぞ。上様のときもこうじゃった。

ぞくぞくする。桶狭間のときは、自分も上様に遅れまいとあわてて出陣したものだ。

神社にはすぐについた。早すぎるが、桶狭間のときは清洲（きよす）城から熱田神宮（あつたじんぐう）まで三里もあったのに、今回は大聖寺城から三里も駆ければ敵陣を行き過ぎてしまうからやむを得ない。

神社で馬を下り、配下の者が追いついてくるのを待つ。とはいえ城がそこに見えているのだから、誰が出てくるかは一目瞭然である。島兄弟は手勢をひきいて出てきたが、高田はなかなか出てこない。いらいらしながら待つうちに陽が高くなってきた。

――上様が熱田神宮を出立なさったのは辰の刻(午前八時)だったから、焦ることはないか。

と自分に言い聞かせるが、気が気ではない。

なかなか出てこない高田をおいて、右近は軍勢を神社の拝殿前に勢揃いさせた。そして神主を呼び、戦勝祈願を行わせた。

右近や島兄弟が拝殿前にぬかずいて神主のお祓いをうけていると、拝殿の中がざわついた。島兄弟などは何ごとかと顔をあげる。と、拝殿の中から足音とともに甲冑の草摺がふれあう音が聞こえてきた。

「おお、これは甲冑の音。なんと、拝殿の中に軍神がおわすのじゃ」

お祓いを中断して、神主が叫んだ。右近は軍勢みなに聞こえるよう、大声で指摘した。

「みなの者、聞いたか。軍神が降臨なされたのじゃ。これは神いくさぞ。わが勝利はまちがいないわ」

じつは先回りした五平が甲冑を振りまわしているだけなのだが、島信重などはおどろいた顔をしている。

「桶狭間へ出陣する前、熱田神宮に上様が参ったときも、かような奇瑞があったと聞くが……」

右近は内心ほくそ笑んでいた。桶狭間で勝ったあと、上様が熱田神宮に築地塀を建ててやったように、あとで少しは領地なり神主の屋敷なりを寄進してやろうと思った。

そうしているうちに高田が手勢を連れて軍勢に加わった。その意地悪そうな三白眼を見たとき、遅いと怒鳴りつけてやりたくなったが、それは勝ったあとだ。

「揃ったな。ならばまいる！」

先頭に立って神社を出るために鳥居をくぐると、右近の頭上をなにかが飛び過ぎていった。

「おお！」

右近は大げさにおどろいて見せた。

「あれは白鷺じゃ。いくさの前に白鷺が前を飛ぶとは、これは吉兆じゃぞ」

しかし白鷺は上空へ飛び去るのではなく、すぐそばに着地した。見れば白いのは白いが、鷺のようにほっそりとはしていないし、なにやらトサカらしきものも見えた。

――寄進などとんでもないことじゃ。

右近はげんなりした。急なことだから、白鷺を生け捕りにするのが間に合わなかったのだろう。それはわかるが……。

「急げ！」

神主が放り投げた白鷺の正体に気づかれぬよう、右近は全軍を駆けさせた。

一揆勢に発見されぬようにまずは西へ向かい、人家のない海岸をつたうように北上する。とんでもない大回りだが、とにかく一揆勢にさとられぬのが第一である。

しばらく進むと軍勢がざわついてきた。何かと思う間もなく近習が、「東の空に煙があがっております」と注進してきた。見ると、たしかに黒い煙が天に向かってわき上がっている。

「燃えておるな」

桶狭間のときも、熱田神宮を出た直後に黒煙を見ている。ちょうどそのとき今川勢に攻められて丸根、鷲津の砦が炎上したのだ。

今回は、いくらなんでもそこまで仕組んでいないのに、桶狭間のとおりになっている。

——しかし、あの煙は……。

右近はうめいた。天神山砦が落ちたのではないか。

桶狭間のときといっしょだなどと喜んではいられない。いまの右近にとって天神山砦は、桶狭間のときの丸根、鷲津の砦よりはるかに重要だ。しかももし若林長門が落としたばかりの天神山砦にはいったら、強襲して討ち取るのは困難になる。こちらは城攻めの支度などしていないのだ。

——どうするか……。

右近は迷った。しかしいま軍を返したら、味方の士気は一気に落ちてもう盛り返せないだろう。

仕方がない。進むしかない。

右近は軍勢をすすめた。

田尻（たじり）という在所まで来て軍を止めた。人馬を休ませる一方、多数の物見をはなって一揆勢の動きを探る。

——桶狭間のときは、父とわしが今川勢の動きを探ったが……。

今川義元の本陣がどこにあるのかを調べ上げ、信長に本陣を強襲することを進言したのだ。いま自分の配下にはそんな気の利いた者はいない。

物見が三々五々もどってきて、大将旗がまだ天神山の麓（ふもと）にあることを告げた。

「よし、敵は砦を落として油断しておる。いまから敵将を討ち取るぞ！」

軍勢を三段にわけ、進軍を再開した。

旗や幟(のぼり)は伏せた。雨が降って手勢の姿を隠してくれないかと空を仰いだが、見上げても空はあくまで青く晴れており、雨が降る気配はない。

――暑いな。

この暑さは桶狭間のときとおなじだと思いつつ、軍勢を駆けさせた。

やがて前方に敵勢が見えてきた。

「むう、これはなんと!」

旗指物(はたさしもの)を数えるまでもない。その数は味方の倍はあるだろう。しっかりと構えて右近の手勢が近づくのを待ち受けている。

相手が待ちかまえていては桶狭間とはちがう。右近は一瞬、躊躇(ちゅうちょ)した。合戦をやめて引き返そうかと思った。

そのとき、高田と島兄弟が駆けつけてきた。

「これはもう、無理でござる。退(の)きなされ。多勢に無勢、勝ち目はござらん」

「さよう。退きなされ」

馬の轡(くつわ)をとって、引き止めようとする。

右近ははっとした。

——これも桶狭間とおなじではないか。

あのとき、前線基地の中島砦からなおも進撃しようとする信長を、柴田勝家などの重臣たちが止めようとしたのだ。

右近のためらいが消えた。やはり突っ込むしかない。

右近は馬上に立ち上がり、周囲を見回してから采配をふった。

「かかれ、かかれや者ども！」

桶狭間のときに信長が下知したのとおなじ口調で、右近は叫んでいた。

真っ黒に群がる一揆勢の中へ、鉄砲を乱射しながら右近の軍勢が突入していった。

一揆勢に鉄砲玉にあたって倒れる者が続出するが、南無阿弥陀仏の声に悲鳴はかき消され、倒れた者を踏み越えて新手があらわれる。突っ込んでいった先手の者たちは一揆勢にのみこまれた。それを見た後続の者たちは、前進をためらう。

「かかれ、かかれ。何をしておる」

右近は叫ぶが、軍勢の動きは鈍い。

そのうちに、一揆勢が南無阿弥陀仏の大合唱とともに、ひたひたと包み込むように迫ってきた。

五

桶狭間と申すはな、この九坪のように平らな在所ではない。人家もまれな山の中じゃ。

低い丘が連なっておって、その丘にはまず松が多かったように覚えておるがの。それも大木といえるほど高くはなくて、枝が目のあたりにも生えておる。かき分けて進むのに苦労したものじゃ。

丘の麓を街道が通っておって、それが東海道じゃ。今川勢はそこを進んできた。

そもそも今川勢が国境を越えて進軍してきたとき、籠城しようとする家老たちとは反対に城を出て迎え撃つべしと主張したのは、わが父、簗田出羽守じゃった。

上様はその案を取りあげなさったのじゃが、父はいよいよ今川勢が来ると確信できたあとは、手下の者を街道筋にくばって、上様のもとに新しい知らせが届くように心を砕いたわいな。今川義元の居場所を突き止めることこそ、肝心要(かなめ)じゃったゆえな。

そして実際に義元の居場所を知らせたのは、このわしじゃ。

考えてみれば桶狭間のような戦い方は、十回やって九回はしくじるものじゃ。それが証拠に、上様もあれ以後は決して少ない人数で多くの敵に当たるような危ないいくさはなされなんだ。

いろんな幸運が重なったおかげで、思いもかけぬ大勝を得たというのが正直なところじゃろう。上様にしても、はじめから義元を討ち取れるとは思っておらなんだはずじゃ。

天神山砦でわしの攻めが失敗したのは、当然かもしれんな。それがわからなんだのが、わが器量の小さいところじゃ。

「なあに、旦那さまは器量がござる」

五平は言ってくれる。

おだやかな春の陽射しが九坪の古屋敷の庭をあたためている。その陽を浴びながら、右近は濡れ縁に腰掛けて五平とともに雀の鳴き声を聞いている。

「一揆勢と斬り結び、いまこうしてお命があるだけでも、器量がある証拠にござる」

五平のとってつけたような理屈も、いやみには聞こえない。

「それにしても天神山砦のいくさは……」

あのときは敵の本陣へ長駆攻撃をかけた。

桶狭間の信長を倣ったつもりだったが、所詮は真似である。うまくいくはずもない。敵に見つからないよう海岸を大回りしたつもりでも、砦のある高所からは丸見えだったのだろう。早くから見つかっており、万全に備えた敵に正面から突っ込むことになった。

一揆勢とはいえ、倍も人数がちがっては話にならない。揉み合いをしたのは最初のうちだけで、やがて包囲されそうになり、後方から崩れていった。負けいくさになるのにさほど時間はかからなかった。

右近は近習たちに守られ、必死で戦場を抜け出して大聖寺城へ逃げ込んだが、そこも長くは保たず、攻め寄せた一揆勢に落とされ、ついには加賀から追い出されてしまった。手勢も散り散りになり、ひとり敗残の身を安土城の信長の前にさらしたのは、一年以上前のことだ。

信長は右近から加賀をとりあげ、越前にいた柴田勝家に加賀を攻略するよう命令を下した。勝家はさっそく大聖寺城と天神山砦を奪いかえしたので、右近の無力さがさらに印象深くなった。

競争相手だった羽柴秀吉は中国攻めの大将となり、織田家でももっとも多くの軍勢をまかされている。明智光秀は、丹波攻めをまかされているかたわら、大坂の一向一揆攻めなどに飛び回っている。どちらも上様の信頼は厚い。

加賀から逃げ帰ってきた別喜右近大夫、いや、いまでは昔ながらの名前、簗田左衛門太郎広正にもどった男は、父祖伝来の地、九坪に逼塞するしかなかった。一国をまかされ、数千の寄騎をあずけられる身分から、家僕数人だけを持つ身に逆戻りしたのである。

「生きて帰って来られただけで、お手柄でござりましょう」

そうだな。いや、そのとおりだ。

「いまの旦那さまはお幸せじゃ。穏やかな顔をしてござる。加賀におられたころとは、まるで飢えたオオカミと腹のふくれた飼い犬ほどのちがいがござりまするぞ」

飼い犬か。なるほど。うまいことを言うものだと思う。たしかに出世をねらう男は飢えたオオカミのようなものだ。近づくだけで血のにおいがする。そのあさましい滑稽な姿が、自分だけにはわからないのだが。

——ま、これが似合いかのう。

国持ち大名へ出世する道は閉ざされたが、肩の重荷は降りた。いまはよく眠れるし、子供たちとも遊べる。こういうのも悪くはないと思っている。

九坪にも涼しい風が吹くようになってきた。もうすぐ秋だ。今までは紅葉を美しいとも思わなかったが、今年はじっくりと見る余裕もあるだろう。

右近は、いや簗田広正は、髭をそり落としてさっぱりした顔を明るい庭に向けた。

出世にはもう、なんの未練もなかった。

本書は、株式会社ＰＨＰ研究所のご厚意により、ＰＨＰ文芸文庫『あるじは信長』を底本としました。但し、頁数の都合により、上巻・下巻の二分冊といたしました。

あるじは信長　上
（大活字本シリーズ）

2020年11月20日発行（限定部数500部）

底　本　ＰＨＰ文芸文庫『あるじは信長』

定　価　（本体3,000円＋税）

著　者　岩井三四二

発行者　並木　則康

発行所　社会福祉法人 埼玉福祉会

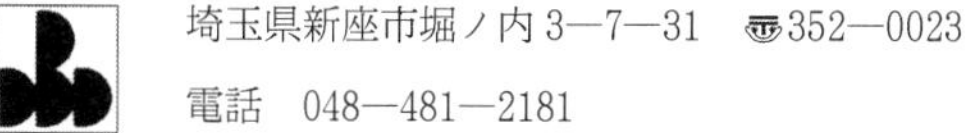

埼玉県新座市堀ノ内3―7―31　〒352―0023

電話　048―481―2181

振替　00160―3―24404

印刷製本所　社会福祉法人 埼玉福祉会 印刷事業部

ISBN 978-4-86596-386-1

大活字本シリーズ発刊の趣意

現在，全国で65才以上の高齢者は1,240万人にも及び，我が国も先進諸国なみに高齢化社会になってまいりました。これらの人々は，多かれ少なかれ視力が衰えてきております。また一方，視力障害者のうちの約半数は弱視障害者で，18万人を数えますが，全盲と弱視の割合は，医学の進歩によって弱視者が増える傾向にあると言われております。

私どもの社会生活は，職業上も，文化生活上も，活字を除外しては考えられません。拡大鏡や拡大テレビなどを使用しても，眼の疲労は早く，活字が大きいことが一番望まれています。しかしながら，大きな活字で組みますと，ページ数が増大し，かつ販売部数がそれほどまとまらないので，いきおいコスト高となってしまうために，どこの出版社でも発行に踏み切れないのが実態であります。

埼玉福祉会は，老人や弱視者に少しでも読み易い大活字本を提供することを念願とし，身体障害者の働く工場を母胎として，製作し発行することに踏み切りました。

何卒，強力なご支援をいただき，図書館・盲学校・弱視学級のある学校・福祉センター・老人ホーム・病院等々に広く普及し，多くの人人に利用されることを切望してやみません。